文通天下

突　破　认　知　的　边　界

大淖记事

汪曾祺 —

著

读者出版社

图书在版编目（CIP）数据

人生如寄：汪曾祺经典作品集：全6册 / 汪曾祺著
. -- 兰州：读者出版社，2023.5
ISBN 978-7-5527-0733-5

Ⅰ．①人… Ⅱ．①汪… Ⅲ．①小说集－中国－当代
Ⅳ．①I247

中国国家版本馆CIP数据核字（2023）第060211号

人生如寄：汪曾祺经典作品集（全6册）
汪曾祺　著

总策划　禹成豪　吕　晖
责任编辑　房金蓉　漆晓勤　张　远
监　制　胡　家
图书策划　徐佳汇　郭丽丽
封面设计　陆宣其
封面插画　李小光

出版发行　读者出版社
地　址　兰州市城关区读者大道568号（730030）
邮　箱　readerpress@163.com
电　话　0931-2131529（编辑部）　0931-2131507（发行部）

印　刷　天津鑫旭阳印刷有限公司
规　格　开本787毫米×1092毫米　1/32
　　　　印张48.5　字数931千
版　次　2023年5月第1版
　　　　2023年5月第1次印刷
书　号　ISBN 978-7-5527-0733-5
定　价　298.00元

目 录

她的眼睛还是那么亮，长睫毛忽闪忽闪的。

但是眼神显得更深沉，更坚定了。

大淖记事

一

这地方的地名很奇怪，叫作大淖。全县没有几个人认得这个淖字。县境之内，也再没有别的叫作什么淖的地方。据说这是蒙古话。那么这地名大概是元朝留下的。元朝以前这地方有没有，叫作什么，就无从查考了。

淖，是一片大水。说是湖泊，似还不够，比一个池塘可要大得多，春夏水盛时，是颇为浩渺的。这是两条水道的河源。淖中央有一条狭长的沙洲。沙洲上长满茅草和芦荻。春初水暖，沙洲上冒出很多紫红色的芦芽和灰绿色的蒌蒿，很快就是一片翠绿了。夏天，茅草、芦荻都吐出雪白的丝穗，在微风中不住地点头。秋天，全都枯黄了，就被人割去，加到自己的屋顶上去了。冬天，下雪，这里总比别处先白。化雪的时候，也比别处化得慢。河水解冻了，发绿了，沙洲上的残雪还亮晶晶地堆积着。这条沙洲是两条河水的分界处。从淖里坐船沿沙洲西面北行，可以看到高阜上的几家炕房。绿柳丛中，露出雪白的粉墙，黑漆大书四个字："鸡鸭炕房"，非常显眼。炕房门外，照例都有一块小小土坪，有几个人坐在树桩上负曝闲谈。不时有人从门里挑出一副很大的扁圆的竹笼，笼口络着绳网，里面是松花黄色的，毛茸茸，挨挨挤挤，啾啾乱叫的小鸡小鸭。由沙洲往东，要经过一座浆坊。浆是浆衣服用的。这里的人，衣服被里洗过后，都要浆一浆。浆过的衣服，穿在身上沙沙作响。浆是芡实水磨，加一点明矾，澄去水分，晒干而成。这东西是不值什么钱的。一大盆衣被，只要到杂货店花两三个铜板，买一小块，用热水冲开，就足够用了。但是全县浆粉都由这家供应（这东西是家家用得着的），所以规模也不算小。浆坊有四五个师傅忙碌着。喂着两头毛驴，轮流上磨。浆坊门外，有一片平场，太阳好的时候，每天晒着浆块，白得叫人眼睛都睁不开。炕房、浆坊附近还有几家买卖荸荠、慈姑、菱角、鲜藕的鲜货行，集散鱼蟹的鱼行和收购青草的草行。过了炕房和浆坊，就都是田畴麦垅，牛棚水车，人家的墙上贴着黑黄色的牛屎粑粑——牛粪和水，拍成饼状，直径半尺，整齐地贴在墙上晾干，作燃料，已经完全是农村的景色了。由大淖北去，可至北乡各村。东去可至一沟、二沟、三垛、樊川、界首，直达邻县兴化。

大淖的南岸，有一座漆成绿色的木板房，房顶、地面，都是木板的。这原是一个轮船公司。靠外手是候船的休息室。往里去，临水，就是码头。原来曾有一只小轮船，往来本城和兴化，隔日一班，单日开走，双日返回。小轮船漆得花花绿绿的，飘着万国旗，机器突突地响，烟筒冒着黑烟，装货、卸货，上客、下客，也有卖牛肉、高粱酒、花生瓜子、芝麻灌香糖的小贩，吆吆喝喝，是热闹过一阵的。后来因为公司赔了本，股东无意继续经营，就卖船停业了。这间木板房子倒没有拆去。现在里面空荡荡、冷清清，只有附近的野孩子到候船室来唱戏玩，棍棍棒棒，乱打一气；或到码头上比赛撒尿。七八个小家伙，齐齐地站成一排，把一泡泡骚尿哗哗地撒到水里，看谁尿得最远。

大淖指的是这片水，也指水边的陆地。这里是城区和乡下的交界处。从轮船公司往南，穿过一条深巷，就是北门外东大街了。坐在大淖的水边，可以听到远远地一阵一阵朦朦胧胧的市声，但是这里的一切和街里不一样。这里没有一家店铺。这里的颜色、声音、气味和街里不一样。这里的人也不一样。他们的生活，他们的风俗，他们的是非标准、伦理道德观念和街里的穿长衣念过"子曰"的人完全不同。

二

由轮船公司往东往西，各距一箭之遥，有两丛住户人家。这两丛人家，也是互不相同的，各是各乡风。

西边是几排错错落落的低矮的瓦屋。这里住的是做小生意的。他们大都不是本地人，是从里下河一带，兴化、泰州、东台等处来的客户。卖紫萝卜的（紫萝卜是比荸荠略大的扁圆形的萝卜，外皮染成深蓝紫色，极甜脆），卖风菱的（风菱是很大的两角的菱角，壳极硬），卖山里红的，卖熟藕（藕孔里塞了糯米煮熟）的。还有一个从宝应来的卖眼镜的，一个从杭州来的卖天竺筷的。他们像一些候鸟，来去都有定时。来时，向相熟的人家租一间半间屋子，住上一阵，有的住得长一些，有的短一些，到生意做完，就走了。他们都是日出而作，日入而息。吃罢早饭，各自背着、扛着、挎着、举着自己的货色，用不同的乡音，不同的腔调，吟唱、吆唤着上街了。到太阳落山，又都像鸟似的回到自己的窝里。于是从这些低矮的屋檐下就都飘出带点甜味而又呛人的炊烟（所烧的柴草都是半干不湿的）。他们做的都是小本生意，赚钱不大。因为是在客边，对人很和气，凡事忍让，所以这一带平常总是安安静静的，很少有吵嘴打架的事情发生。

这里还住着二十来个锡匠，都是兴化帮。这地方兴用锡器，家家都有几件锡制的家伙。香炉、蜡台、痰盂、茶叶罐、水壶、茶壶、酒壶，甚至尿壶，都是锡的。嫁闺女时都要赔送一套锡器。最少也要有两个能容四五升米的大锡罐，摆在柜顶上，否则就不成其为嫁妆。出阁的闺女生了孩子，娘家要送两大罐糯米粥（另外还要有两只老母鸡，一百鸡蛋），装粥用的就是娘柜顶上的这两个锡罐。因此，二十来个锡匠并不显多。

锡匠的手艺不算费事，所用的家什也较简单。一副锡匠担子，一头是风箱，绳系里夹着几块锡板；一头是炭炉和两块二尺见方，一面裱着好几层表芯纸的方砖。锡器是打出来的，不是铸出来的。人家叫锡匠来打锡器，一般都是自己备料——把几件残旧的锡器回炉重打。锡匠在人家门道里或是街边空地上，支起担子，拉动风箱，在锅里把旧锡化成锡水——锡的熔点很低，不大一会儿就化了；然后把两块方砖对合着（裱纸的一面朝里），在两砖之间压一条绳子，绳子按照要打的锡器圈成近似的形状，绳头留在砖外，把锡水由绳口倾倒过去，两砖一压，就成了锡片；然后，用一个大剪子剪剪，用一个木槌在铁砧上敲敲打打，大约一两顿饭工夫就成型了。锡是软的，打锡器不像打铜器那样费劲，也不那样吵人。粗使的锡器，就这样就能交活。若是细巧的，就还要用刮刀刮一遍，用砂纸打一打，用竹节草（这种草中药店有卖的）磨得锃亮。

这一帮锡匠很讲义气。他们扶持疾病，互通有无，从不抢生意。若是合伙做活，工钱也分得很公道。这帮锡匠有一个头领，是个老锡匠，他说话没有人不听。老锡匠人很耿直，对其余的锡匠（不是他的晚辈就是他的徒弟）管教得很紧。他不许他们赌钱喝酒；嘱咐他们出外做活，要童叟无欺，手脚要干净；不许和妇道嬉皮笑脸。他教他们不要怕事，也绝不要惹事。除了上市应活，平常不让到处闲游乱窜。

老锡匠会打拳，别的锡匠也跟着练武。他屋里有好些白蜡杆，三节棍，没事便搬到外面场地上打对儿。老锡匠说：这是消遣，也可以防身，出门在外，会几手拳脚不吃亏。除此之外，锡匠们的娱乐便是唱唱戏。他们唱的这种戏叫作"小开口"，是一种地方小戏，唱腔本是萨满教的香火（巫师）请神唱的调子，所以又叫"香火戏"。这些锡匠并不信萨满教，但大都会唱香火戏。戏的曲调虽简单，内容却是成本大套，李三娘挑水推磨，生下咬脐郎；白娘子水漫金山；刘金定招亲；方卿唱道情……可以坐唱，也可以化了装彩唱。遇到阴天下雨，不能出街，他们能吹打弹唱一整天。附近的姑娘媳妇都挤过来看——听。

老锡匠有个徒弟，也是他的侄儿，在家大排行第十一，小名就叫个十一子，外人都只叫他小锡匠。这十一子是老锡匠的一件心事。因为他太聪明，长得又太好看了。他长得挺拔厮称，肩宽腰细，唇红齿白，浓眉大眼，头戴遮阳草帽，青鞋净袜，全身衣服整齐合体。天热的时候，敞开衣扣，露出扇面也似的胸脯，五寸宽的雪白的板带煞得很紧。走起路来，高抬脚，轻着地，麻溜利索。锡匠里出了这样一个一表人才，真是鸡窝里飞出了金凤凰。老锡匠心里明白：唱"小开口"的时候，那些挤过来的姑娘媳妇，其实都是来看这位十一郎的。

老锡匠经常告诫十一子，不要和此地的姑娘媳妇拉拉扯扯，尤其不要和东头的姑娘媳妇有什么勾搭："她们和我们不是一样的人！"

三

轮船公司东头都是草房，茅草盖顶，黄土打墙，房顶两头多盖着半片破缸破瓮，防止大风时把茅草刮走。这里的人，世代相传，都是挑夫。男人、女人、大人、孩子，都靠肩膀吃饭。

挑得最多的是稻子。东乡、北乡的稻船，都在大淖靠岸。满船的稻子，都由这些挑夫挑走。或送到米店，或送进哪家大户的厫仓，或挑到南门外琵琶闸的大船上，沿运河外运。有时还会一直挑到车逻、马棚湾这样很远的码头上。单程一趟，或五六里，或七八里、十多里不等。一二十人走成一串，步子走得很匀，很快。一担稻子二百斤，中途不歇肩。一路不停地打着号子。换肩时一齐换肩。打头的一个，手往扁担上一搭，一二十副担子就同时由右肩转到左肩上来了。每挑一担，领一根"筹子"——尺半长，一寸宽的竹牌，上涂白漆，一头是红的。到傍晚凭筹领钱。

稻谷之外，什么都挑。砖瓦、石灰、竹子（挑竹子一头拖在地上，在砖铺的街面上擦得唰唰地响）、桐油（桐油很重，使扁担不行，得用木杠，两人抬一桶）……因此，一年三百六十天，天天有活干，饿不着。

十三四岁的孩子就开始挑了。起初挑半担，用两个柳条笆斗。练上一二年，人长高了，力气也够了，就挑整担，像大人一样地挣钱了。

挑夫们的生活很简单：卖力气，吃饭。一天三顿，都是干饭。这些人家都不盘灶，烧的是"锅腔子"——黄土烧成的矮瓮，一面开口烧火。烧柴是不花钱的。淖边常有草船，乡下人挑芦柴入街去卖，一路总要撒下一些。凡是尚未挑担挣钱的孩子，就一人一把竹笆，到处去搂。因此，这些顽童得到一个稍带侮辱性的称呼，叫作"笆草鬼子"。有时懒得费事，就从乡下人的草担上猛力搋出一把，拔腿就溜。等乡下人撂下担子叫骂时，他们早就没影儿了。锅腔子无处出烟，烟子就横溢出来，飘到大淖水面上，平铺开来，停留不散。这些人家无隔宿之粮，都是当天买，当天吃。吃的都是脱粟的糙米。一到饭时，就看见这些茅草房子的门口蹲着一些男子汉，捧着一个蓝花大海碗，碗里是骨堆堆的一碗紫红紫红的米饭，一边堆着青菜小鱼、臭豆腐、腌辣椒，大口大口地在吞食。他们吃饭不怎么嚼，只在嘴里打一个滚，咕咚一声就咽下去了。看他们吃得那样香，你会觉得世界上再没有比这个饭更好吃的饭了。

他们也有年，也有节。逢年过节，除了换一件干净衣裳，吃得好一些，就是聚在一起赌钱。赌具，也是钱。打钱，滚钱。打钱：各人拿出一二十铜元，叠成很高的一摞。参与者远远地用一个钱向这摞铜钱砸去，砸倒多少取多少。滚钱又叫"滚五七寸"。在一片空场上，各人放一摞钱；一块整砖支起一个斜坡，用一个铜圆由砖面落下，向钱注密处滚去，钱停住后，用事前备好的两根草棍量一量，如距钱注五寸，滚钱者即可吃掉这一注；距离七寸，反赔出与此注相同之数。这种古老的博法使挑夫们得到极大的快乐。旁观的闲人也不时大声喝彩，为他们助兴。

这里的姑娘媳妇也都能挑。她们挑得不比男人少，走得不比男人慢。挑鲜货是她们的专业。大概是觉得这种水淋淋的东西对女人更相宜，男人们是不屑于去挑的。这些"女将"都生得颀长俊俏，浓黑的头发上涂了很多梳头油，梳得油光水滑（照当地说法是：苍蝇站上去都会闪了腿）。脑后的发髻都极大。发髻的大红头绳的发根长到二寸，老远就看到通红的一截。她们的发髻的一侧总要插一点什么东西。清明插一个柳球（杨柳的嫩枝，一头拿牙咬着，把柳枝的外皮连同鹅黄的柳叶使劲往下一抹，成一个小小球形），端午插一丛艾叶，有鲜花时插一朵栀子、一朵夹竹桃，无鲜花时插一朵大红剪绒花。因为常年挑担，衣服的肩膀处易破，她们的托肩多半是换过的。旧衣服，新托肩，颜色不一样，这几乎成了大淖妇女的特有的服饰。一二十个姑娘媳妇，挑着一担担紫红的荸荠、碧绿的菱角、雪白的连枝藕，走成一长串，风摆柳似的嚓嚓地走过，好看得很！

她们像男人一样地挣钱，走相、坐相也像男人。走起来一阵风，坐下来两条腿叉得很开。她们像男人一样赤脚穿草鞋（脚指甲却用凤仙花染红）。她们嘴里不忌生冷，男人怎么说话她们怎么说话，她们也用男人骂人的话骂人。打起号子来也是"好大娘个歪歪子咧！"——"歪歪子咧……"

没出门子的姑娘还文雅一点，一做了媳妇就简直是"姜太公在此百无禁忌"，要多野有多野。有一个老光棍黄海龙，年轻时也是挑夫，后来腿脚有了点毛病，就在码头上看看稻船，收收筹子。这老头儿老没正经，一把胡子了，还喜欢在媳妇们的胸前屁股上摸一把，拧一下。按辈分，他应当被这些媳妇称呼一声叔公，可是谁都管他叫"老骚胡子"。有一天，他又动手动脚的，几个媳妇一咬耳朵，一二三，一齐上手，眨眼之间叔公的裤子就挂在大树顶上了。有一回，叔公听见卖饺面①的挑着担子，敲着竹梆走来，他又来劲了："你们敢不敢到淖里洗个澡？——敢，我一个人输你们两碗饺面！"——"真的？"——"真的！"——"好！"几个媳妇脱了衣服跳到淖里扑通扑通洗了一会儿。爬上岸就大声喊叫：

"下面！"

这里人家的婚嫁极少明媒正娶，花轿吹鼓手是挣不着他们的钱的。媳妇，多是自己跑来的；姑娘，一般是自己找人。她们在男女关系上是比较随便的。姑娘在家生私孩子；一个媳妇，在丈夫之外，再"靠"一个，不是稀奇事。这里的女人和男人好，还是恼，只有一个标准：情愿。有的姑娘、媳妇相与了一个男人，自然也跟他要钱买花戴，但是有的不但不要他们的钱，反而把钱给他花，叫作"倒贴"。

因此，街里的人说这里"风气不好"。

到底是哪里的风气更好一些呢？难说。

① 一半馄饨一半面下在一起，当地叫作饺面。

四

大淖东头有一户人家。这一家只有两口人，父亲和女儿。父亲名叫黄海蛟，是黄海龙的堂弟（挑夫里姓黄的多）。原来是挑夫里的一把好手。他专能上高跳。这地方大粮行的"窝积"（长条芦席围成的粮囤），高到三四丈，只支一只单跳，很陡。上高跳要提着气一口气蹿上去，中途不能停留。遇到上了一点岁数的或者"女将"，抬头看看高跳，有点含糊，他就走过去接过二百斤的担子，一支箭似的上到跳顶，两手一提，把两箩稻子倒在"窝积"里，随即三五步就下到平地。因为为人忠诚老实，二十五岁了，还没有成亲。那年在车逻挑粮食，遇到一个姑娘向他问路。这姑娘留着长长的刘海，梳了一个"苏州俏"的发髻，还抹了一点胭脂，眼色张皇，神情焦急，她问路，可是连一个准地名都说不清，一看就知道是大户人家逃出来的使女。黄海蛟和她攀谈了一会儿，这姑娘就表示愿意跟着他过。她叫莲子。——这地方丫头、使女多叫莲子。

莲子和黄海蛟过了一年，给他生了个女儿。七月生的，生下的时候满天都是五色云彩，就取名叫作巧云。

莲子的手很巧，也勤快，只是爱穿件华丝葛的裤子，爱吃点瓜子零食，还爱唱"打牙牌"之类的小调："凉月子一出照楼梢，打个呵欠伸懒腰，瞌睡子又上来了。哎哟，哎哟，瞌睡子又上来了……"这和大淖的乡风不大一样。

巧云三岁那年，她的妈莲子，终于和一个过路戏班子的一个唱小生的跑了。那天，黄海蛟正在马棚湾。莲子把黄海蛟的衣裳都浆洗了一遍，巧云的小衣裳也收拾在一起，焖了一锅饭，还给老黄打了半斤酒，把孩子托给邻居，说是她出门有点事，锁了门，从此就不知去向了。

巧云的妈跑了，黄海蛟倒没有怎么伤心难过。这种事情在大淖这个地方也值不得大惊小怪。养熟的鸟还有飞走的时候呢，何况是一个人！只是她留下的这块肉，黄海蛟实在是疼得不行。他不愿巧云在后娘的眼皮底下委委屈屈地生活，因此发心不再续娶。他就又当爹又当妈，和女儿巧云在一起过了十几年。他不愿巧云去挑扁担，巧云从十四岁就学会结渔网和打芦席。

巧云十五岁，长成了一朵花。身材、脸盘都像妈。瓜子脸，一边有个很深的酒窝。眉毛黑如鸦翅，长入鬓角。眼角有点吊，是一双凤眼。睫毛很长，因此显得眼睛经常是眯眯着；忽然回头，睁得大大的，带点吃惊而专注的神情，好像听到远处有人叫她似的。她在门外的两棵树杈之间结网，在淖边平地上织席，就有一些少年人装着有事的样子来来去去。她上街买东西，甭管是买肉、买菜，打油、打酒，撕布、量头绳，买梳头油、雪花膏，买石碱、浆块，同样的钱，她买回来，分量都比别人多，东西都比别人的好。这个奥秘早被大娘、大婶们发现，她们都托她买东西。只要巧云一上街，都挎了好几个竹篮，回来时压得两个胳臂酸疼酸疼。泰山庙唱戏，人家都自己扛了板凳去。巧云散着手就去了。一去了，总有人给她找一个得看的好座。台上的戏唱得正热闹，但是没有多少人叫好。因为好些人不是在看戏，是看她。

巧云十六了，该张罗着自己的事了。谁家会把这朵花迎走呢？炕房的老大？浆坊的老二？鲜货行的老三？他们都有这意思。这点意思黄海蛟知道了，巧云也知道。不然他们老到淖东头来回晃摇是干什么呢？但是巧云没怎么往心里去。

巧云十七岁，命运发生了一个急转直下的变化。她的父亲黄海蛟在一次挑重担上高跳时，一脚踏空，从三丈高的跳板上摔下来，摔断了腰。起初以为不要紧，养养就好了。不想喝了好多药酒，贴了好多膏药，还不见效。她爹半瘫了，他的腰再也直不起来了。他有时下床，扶着一个剃头担子上用的高板凳，咯噔咯噔地走一截，平常就只好半躺下靠在一摞被窝上。他不能用自己的肩膀为女儿挣几件新衣裳，买两枝花，却只能由女儿用一双手养活自己了。还不到五十岁的男子汉，只能做一点老太婆做的事：绩了一捆又一捆的供女儿结网用的麻线。事情很清楚：巧云不会撇下她这个老实可怜的残废爹。谁要愿意，只能上这家来当一个倒插门的养老女婿。谁愿意呢？这家的全部家产只有三间草屋（巧云和爹各住一间，当中是一个小小的堂屋）。老大、老二、老三时不时走来走去，拿眼睛瞟着隔着一层渔网或者坐在雪白的芦席上的一个苗条的身子。他们的眼睛依然不缺乏爱慕，但是减少了几分急切。

老锡匠告诫十一子不要老往淖东头跑，但是小锡匠还短不了要来。大娘、大婶、姑娘、媳妇有旧壶翻新，总喜欢叫小锡匠来；从大淖过深巷上大街也要经过这里，巧云家门前的柳荫是一个等待雇主的好地方。巧云织席，十一子化锡，正好做伴。有时巧云停下活计，帮小锡匠拉风箱。有时巧云要回家看看她的残废爹，问他想不想吃烟喝水，小锡匠就压住炉里的火，帮她织一气席。巧云的手指划破了（织席很容易划破手，压扁的芦苇薄片，刀一样地锋快），十一子就帮她吮吸指头肚子上的血。巧云从十一子口里知道他家里的事：他是个独子，没有兄弟姐妹。他有一个老娘，守寡多年了。他娘在家给人家做针线，眼睛越来越不好，他很担心她有一天会瞎……

好心的大人路过时会想：这倒真是两只鸳鸯，可是配不成对。一家要招一个养老女婿，一家要接一个当家媳妇，弄不到一起。他们俩呢，只是很愿意在一处谈谈坐坐。都到岁数了，心里不是没有。只是像一片薄薄的云，飘过来，飘过去，下不成雨。

有一天晚上，好月亮，巧云到淖边一只空船上去洗衣裳（这里的船泊定后，把桨拖到岸上，寄放在熟人家，船就拴在这里，无人看管，谁都可以上去）。她正在船头把身子往前倾着，用力涮着一件大衣裳，一个不知轻重的顽皮野孩子轻轻走到她身后，伸出两手咯吱她的腰。她冷不防，一头栽进了水里。她本会一点水，但是一下子蒙了。这几天水又大，流很急。她挣扎了两下，喊救人，接连喝了几口水。她被水冲走了！正赶上十一子在炕房门外土坪上打拳，看见一个人冲了过来，头发在水上漂着。他褪下鞋子，一猛子扎到水底，从水里把她托了起来。

十一子把她肚子里的水控了出来，巧云还是昏迷不

大淖记事

0
1
7

醒。十一子只好把她横抱着，像抱一个婴儿似的，把她送回去。她浑身是湿的，软绵绵，热乎乎的。十一子觉得巧云紧紧挨着他，越挨越紧。十一子的心怦怦地跳。

到了家，巧云醒来了。（她早就醒来了！）十一子把她放在床上。巧云换了湿衣裳（月光照出她的美丽的少女的身体）。十一子抓一把草，给她熬了半锦子姜糖水，让她喝下去，就走了。

巧云起来关了门，躺下。她好像看见自己躺在床上的样子。月亮真好。

巧云在心里说："你是个呆子！"

她说出声来了。

不大一会儿，她也就睡死了。

就在这一天夜里，另外一个人，拨开了巧云家的门。

五

由轮船公司对面的巷子转东大街，往西不远，有一个道士观，叫作炼阳观。现在没有道士了，里面住了不到一营水上保安队。这水上保安队是地方武装。他们名义上归县政府管辖，饷银却由县商会开销，水上保安队的任务是下乡剿土匪。这一带土匪很多，他们抢了人，绑了票，大都藏匿在芦荡湖泊中的船上（这地方到处是水），如遇追捕，便于脱逃。因此，地方绅商觉得很需要成立一个特殊的武装力量来对付这些成帮结伙的土匪。水上保安队装备是很好的。他们乘的船是"铁板划子"——船的三面都有半人高、三四分厚的铁板，子弹是打不透的。铁板划子就停在大淖岸边，样子很高傲。一有任务，就看见大兵们扛着两挺水机关，用箩筐抬着多半筐子弹（子弹不用箱装，却使箩抬，颇奇怪），上了船，开走了。

或七八天，或十天半月，他们得胜回来了（他们有铁板划子，又有水机关，对土匪有压倒优势，很少有伤亡）。铁板划子靠了岸，上岸列队，由深巷，上大街，直奔县政府。这队伍是四列纵队。前面是号队。这不到一营的人，却有十二支号。一上大街，就"打打打滴打大打滴大打"，齐齐整整地吹起来。后面是全队弟兄，一律荷枪实弹。号队之后，大队之前的正中，是捉来的土匪。有时三个五个，有时只有一个，都是五花大绑。这队伍是很神气的。最妙的是被绑着的土匪也一律都合着号音，步伐整齐，雄赳赳气昂昂地走着。甚至值日官喊"一、二、三、四"，他们也随着大声地喊。大队上街之前，要由地保事先通知沿街店铺，凡有鸟笼的（有的店铺是养八哥、画眉的），都要收起来，因为土匪大哥看见不高兴，这是他们忌讳的（他们到了县政府，都下在大狱里，看见笼中鸟，就无出狱希望了）。看看这样的铜号放光，刺刀雪亮，还夹着几个带有传奇色彩的土匪英雄的威武雄壮的队伍，是这条街上的民众的一件快乐事情。其快乐程度不下于看狮子、龙灯、高跷、抬阁和僧道齐全、六十四杠的大出丧。

除了下乡办差，保安队的弟兄们没有什么事。他们除了把两挺水机关扛到大淖边突突地打两梭（把淖岸上的泥土打得簌簌地往下掉），平常是难得出操、打野外的。使人们感觉到这营把人的存在的，是这十二个号兵早晚练号。早晨八九点钟，下午四五点钟，他们就到大淖边来了。先是拔长音，然后各自吹几段，最后合吹进行曲、三环号（他们吹三环号只是吹着玩，因为从来没有接受检阅的时候）。吹完号，就解散，想干什么干什么。有的，就轻手轻脚，走进一家的门外，咳嗽一声，随着，走了进去，门就关起来了。

这些号兵大都衣着整齐，干净爱俏。他们除了吹吹号，整天无事干，有的是闲空。他们的钱来得容易——饷钱倒不多，但每次下乡，总有犒赏；有时与土匪遭遇，双方谈条件，也常从对方手中得到一笔钱，手面很大方，花钱不在乎。他们是保护地方绅商的军人，身后有靠山，即或出一点什么事，谁也无奈他何。因此，这些大爷就觉得不风流风流，实在对不起自己，也辜负了别人。

十二个号兵，有一个号长，姓刘，大家都叫他刘号长。这刘号长前后跟大淖几家的媳妇都很熟。

拨开巧云家的门的，就是这个号长！

号长走的时候留下十块钱。

这种事在大淖不是第一次发生。巧云的残废爹当时就知道了。他拿着这十块钱，只是长长地叹了一口气。邻居们知道了，姑娘、媳妇并未多议论，只骂了一句："这个该死的！"

巧云破了身子，她没有淌眼泪，更没有想到跳到淖里淹死。人生在世，总有这么一遭！只是为什么是这个人？真不该是这个人！怎么办？拿把菜刀杀了他？放火烧了炼阳观？不行！她还有个残废爹。她怔怔地坐在床上，心里乱糟糟的。她想起该起来烧早饭了。她还得结网，织席，还得上街。她想起小时候上人家看新娘子，新娘子穿了一双粉红的缎子花鞋。她想起她的远在天边的妈。她记不得妈的样子，只记得妈用一个筷子头蘸了胭脂给她点了一点眉心红。她拿起镜子照照，她好像第一次看清楚自己的模样。她想起十一子给她吮手指上的血，这血一定是咸的。她觉得对不起十一子，好像自己做错了什么事。她非常失悔：没有把自己给了十一子！

她的这个念头越来越强烈。这个号长来一次，她的念头就更强烈一分。

水上保安队又下乡了。

一天，巧云找到十一子，说："晚上你到大淖东边来，我有话跟你说。"

十一子到了淖边。巧云踏在一只"鸭撇子"上（放鸭子用的小船，极小，仅容一人。这是一只公船，平常就拴在淖边。大淖人谁都可以撑着它到沙洲上挑蒌蒿，割茅草，拣野鸭蛋），把篙子一点，撑向淖中央的沙洲，对十一子说："你来！"

过了一会儿，十一子泅水到了沙洲上。

他们在沙洲的茅草丛里一直待到月到中天。

月亮真好啊！

六

十一子和巧云的事，师兄们都知道，只瞒着老锡匠一个人。他们偷偷地给他留着门，在门窝子里倒了水

（这样推门进来没有声音）。十一子常常到天快亮的时候才回来。有一天，又是这时候才推开门。刚刚要钻被窝，听见老锡匠说：

"你不要命啦！"

这种事情怎么瞒得住人呢？终于，传到刘号长的耳朵里。其实没有人跟他嚼舌头，刘号长自己还不知道？巧云看见他都讨厌，她的全身都是冷淡的。刘号长咽不下这口气。本来，他跟巧云又没有拜过堂，完过花烛，闲花野草，断了就断了。可是一个小锡匠，夺走了他的人，这丢了当兵的脸。太岁头上动土，这还行！这种事从来没有发生过。连保安队的弟兄也都觉得面上无光，在人前矬了一截。他是只许自己在别人头上拉屎撒尿，不许别人在他脸上溅一星唾沫的。若是闭着眼过去，往后，保安队的人还混不混了？

有一天，天还没亮，刘号长带了几个弟兄，踢开巧云家的门，从被窝里拉起了小锡匠，把他捆了起来。把黄海蛟、巧云的手脚也都捆了，怕他们去叫人。

他们把小锡匠弄到泰山庙后面的坟地里，一人一根棍子，搂头盖脸地打他。

他们要小锡匠卷铺盖走人，回他的兴化，不许再留在大淖。

小锡匠不说话。

他们要小锡匠答应不再走进黄家的门，不挨巧云的身子。

小锡匠还是不说话。

他们要小锡匠告一声饶，认一个错。

小锡匠的牙咬得紧紧的。

小锡匠的硬铮把这些向来是横着膀子走路的家伙惹怒了，"你这样硬！打不死你！"——"打"，七八根棍子风一样、雨一样打在小锡匠的身子。

小锡匠被他们打死了。

锡匠们听说十一子被保安队的人绑走了，他们四处找，找到了泰山庙。

老锡匠用手一探，十一子还有一丝悠悠气。老锡匠叫人赶紧去找陈年的尿桶。他经验过这种事，打死的人，只有喝了从桶里刮出来的尿碱，才有救。

十一子的牙关咬得很紧，灌不进去。

巧云捧了一碗尿碱汤，在十一子的耳边说："十一子，十一子，你喝了！"

十一子微微听见一点声音，他睁了睁眼。巧云把一碗尿碱汤灌进了十一子的喉咙。

不知道为什么，她自己也尝了一口。

锡匠们摘了一块门板，把十一子放在门板上，往家里抬。

他们抬着十一子，到了大淖东头，还要往西走。巧云拦住了：

"不要。抬到我家里。"

老锡匠点点头。

巧云把屋里存着的渔网和芦席都拿到街上卖了，买了七厘散，医治十一子身子里的瘀血。

东头的几家大娘、大婶杀了下蛋的老母鸡，给巧云送来了。

锡匠们凑了钱，买了人参，熬了参汤。

挑夫，锡匠，姑娘，媳妇，川流不息地来看望十一子。他们把平时在辛苦而单调的生活中不常表现的热情和好心都拿出来了。他们觉得十一子和巧云做的事都很应该，很对。大淖出了这样一对年轻人，使他们觉得骄傲。大家的心喜洋洋，热乎乎的，好像在过年。

刘号长打了人，不敢再露面。他那几个弟兄也都躲在保安队的队部里不出来。保安队的门口加了双岗。这些好汉原来都是一窝"草鸡"！

锡匠们开了会。他们向县政府递了呈子，要求保安队把姓刘的交出来。

县政府没有答复。

锡匠们上街游行。这个游行队伍是很多人从未见过的。没有旗子，没有标语，就是二十来个锡匠挑着二十来副锡匠担子，在全城的大街上慢慢地走。这是个沉默的队伍，但是非常严肃。他们表现出不可侵犯的威严和不可动摇的决心。这个带有中世纪行帮色彩的游行队伍十分动人。

游行继续了三天。

第三天，他们举行了"顶香请愿"。二十来个锡匠，在县政府照壁前坐着，每人头上用木盘顶着一炉炽旺的香。这是一个古老的风俗：民有沉冤，官不受理，被逼急了的百姓可以用香火把县大堂烧了，据说这不算犯法。

这条规矩不载于《六法全书》，现在不是大清国，县政府可以不理会这种"陋习"。但是这些锡匠是横了心的，他们当真干起来，后果是严重的。县长邀请县里的绅商商议，一致认为这件事不能再不管。于是由商会会长出面，约请了有关的人：一个承审——作为县长代表，保安队的副官，老锡匠和另外两个年长的锡匠，还有代表挑夫的黄海龙，四邻见证——卖眼镜的宝应人，卖天竺筷的杭州人，在一家大茶馆里举行会谈，来

"了"这件事。

会谈的结果是：小锡匠养伤的药钱由保安队负担（实际是商会拿钱），刘号长驱逐出境。由刘号长画押具结。老锡匠觉得这样就给锡匠和挑夫都挣了面子，可以见好就收了。只是要求在刘某人的甘结上写上一条：如果他再踏进县城一步，任凭老锡匠一个人把他收拾了！

过了两天，刘号长就由两个弟兄持枪护送，悄悄地走了。他被调到三垛去当了税警。

十一子能进一点饮食，能说话了。巧云问他：

"他们打你，你只要说不再进我家的门，就不打你了，你就不会吃这样大的苦了。你为什么不说？"

"你要我说吗？"

"不要。"

"我知道你不要。"

"你值吗？"

"我值。"

"十一子，你真好！我喜欢你！你快点好。"

"你亲我一下，我就好得快。"

"好，亲你！"

巧云一家有了三张嘴。两个男的不能挣钱，但要吃饭。大淖东头的人家都没有积蓄，也没有什么东西可以变卖典押。结渔网，打芦席，都不能当时见钱。十一子的伤一时半会不会好，日子长了，怎么过呢？巧云没有经过太多考虑，把爹用过的箩筐找出来，磕磕尘土，就去挑担挣"活钱"去了。姑娘媳妇都很佩服她。起初她们怕她挑不惯，后来看她脚下很快，很匀，也就放心了。从此，巧云就和邻居的姑娘媳妇在一起，挑着紫红的荸荠、碧绿的菱角、雪白的连枝藕，风摆柳似的穿街过市，发髻的一侧插着大红花。她的眼睛还是那么亮，长睫毛忽闪忽闪的。但是眼神显得更深沉，更坚定了。她从一个姑娘变成了一个很能干的小媳妇。

十一子的伤会好吗？

会。

当然会！

一九八一年二月四日，旧历大年三十

辜家豆腐店的女儿

豆腐店是一个"店"，怎么会有个女儿？然而螺蛳坝一带的人背后都是这么叫她。或者称作"辜家的女儿""豆腐店的女儿"。背后这样提她，有一种特殊的意味。姓辜的人家很少，这个县里好像就是两三家。

螺蛳坝是"后街"，并没有一个坝，只是一片不小的空场。七月十五，这里做盂兰盆会。八九月，如果这年年成好，就有人发起，在平桥上用杉篙木板搭起台来唱戏。约的是里下河的草台班子，京戏、梆子"两下锅"，既唱《白水滩》这样摔"壳子"的武打戏，也唱《阴阳河》这样踩跷的戏。做盂兰盆会、唱大戏，热闹几天，平常这里总是安安静静的。孩子在这里踢毽子，踢铁球，滚钱，抖空竹（本地叫"抖天嗡子"）。有时跑过来一条瘦狗，匆匆忙忙，不知道要赶到哪里去干什么。忽然又停下来，竖起耳朵，好像听见了什么。停了一会儿，又低了脑袋匆匆忙忙地走了。

螺蛳坝空场的北面有几户人家。有两家是打芦席的。每天看见两个中年的女人破苇子，编席。一顿饭工夫，就织出一大片。芦席是为大德生米厂打的。米厂要用很多芦席。东头一家是个"茶炉子"，即卖开水的，就是上海人所说的"老虎灶"。一个像柜子似的砖砌的炉子，四角有四个很深的铁铸的"汤罐"，满满四罐清水，正中是火眼，烧的是粗糠。粗糠用一个小白铁簸箕倒进火眼，"呼——"火就猛升上来，"汤罐"的水就呱呱地开了。这一带人家用开水——冲茶、烫鸡毛、拆洗被窝，都是上"茶炉子"去灌，很少人家自己烧开水，因为上"茶炉子"灌水很方便，省得费柴费火，烟熏火燎，又用不了多少。"茶炉子"卖水，不是现钱交易，而是一次卖出一堆"茶筹子"——一个一个长方形的小竹片，一面用铁模子烙出"十文""二十文"……灌了开水，给几根茶筹子就行了。"茶炉子"烧的粗糠是成挑的从大德生米厂迶来的。一进"茶炉子"，除了几口很大的水缸，一眼看到的便是靠后墙堆得像山一样的粗糠。

螺蛳坝一带住的都是"升斗小民"，称得起殷实富户的，是大德生米厂。大德生的东家姓王，街上人都称他王老板。大德生原来的底子就厚实，一盘很大的麻石碾子，喂着两头大青骡子，后面仓里的稻子堆齐二梁。后来王老板把骡子卖了，改用机器碾米，生意就更兴旺了。大德生原是一个米店，改用机器后就改称为"米厂"。这算是螺蛳坝唯一的"工厂"。每天这一带都听得到碾米的柴油机的铁烟筒里发出节奏均匀的声音：蓬——蓬——蓬……

王老板身体很好，五十多岁了，走路还飞快，留一撇乌黑的牙刷胡子，双眼有神。

他的大儿子叫王厚辽，在米厂里量米，记账。他有个外号叫"大呆鹅"，看样子也确是有点呆相。

二儿子叫王厚垫，跟一个姓刘的老先生学中医。长得眉清目秀，一表人才。

大德生东墙外住着一个姓薛的裁缝。薛裁缝是个老实人，整天只知道低头做活，穿针引线。他的老婆人称薛大娘。薛大娘跟老头子可不是一样的人，她也"穿针引线"，但引的是另外一种线，说白了，就是拉皮条。

大德生门前有一条小巷，就叫作莘家巷，因为巷子里只有一家人家。莘家的后门就开在巷子里，和大德生斜对门，两步就到了。后面是住家，前面是做豆腐的作坊，前店后家。

莘家很穷。

从螺蛳坝到草巷口，有两家豆腐店。豆腐店是发不了财的，但是干了这一行也只有一直干下去。常言说："黑夜思量千条路，清早起来依旧磨豆腐。"不过草巷口的一家生意不错。一清早卖豆浆，热气腾腾的满满一锅。卖豆腐，四大屉。压百叶，百叶很薄，很白。夏天卖凉粉皮。这凉粉皮是用莴苣汁和的绿豆，颜色是浅绿的，而且有一股莴苣香。生意好，小老板两个月前还接了亲。新媳妇坐在磨子一边，往磨眼里注水，加黄豆，头上插一朵大红剪绒小小的囍。

相比之下，莘家豆腐店就显得灰暗，残旧，一点生气也没有。每天只做两屉豆腐，有时一屉，有时一屉也没有。没本钱，买不起黄豆。莘老板老是病病歪歪的，没有一点精神。

莘老板老婆死得早，没有留下一个儿子，跟前只有一个女儿。

莘家的女儿长得有几分姿色，在螺蛳坝算是一朵花。她长得细皮嫩肉，只是面色微黄，好像是用豆腐水洗了脸似的。身上也有点淡淡的豆腥气。

一天三顿饭，几乎顿顿是炒豆腐渣，不过总得有点油滑滑锅。牵磨的"蚂蚱驴"也得扔给它一捆干草。更费钱的是她爹的病。他每天吃药。王厚堃的师父开的药又都很贵，这位刘先生爱用肉桂，而且旁注："要桂林产者"。每天辜家女儿把药渣倒在路口，对面打芦席和烧茶炉子的大娘看见辜家的女儿在门前倒药渣，就叹了一口气："难！"

大德生的王老板找到薛大娘，说是辜家的日子很难，他想帮他们家一把。

"怎么个帮法？"

"叫他女儿陪我睡睡。"

"什么？人家是黄花闺女，比你的女儿还小一岁！我不干这种缺德事！"

"你去说说看。"

媒人的嘴两张皮，辣椒能说成大鸭梨。七说八说，辜家女儿心里活动了，说："你叫他晚上来吧。"

没想到大呆鹅也找到薛大娘。

王老板是包月，按月给五块钱。

大呆鹅是现钱交易。每次事完，摸出一块现大洋，还要用两块洋钱叮叮当当敲敲，以示这不是灌了铅的"哑板"。

没有不透风的墙，螺蛳坝巴掌大的一块地方，那么多双眼睛，辜家女儿的事情谁都知道了。烧茶炉子、打芦席的大娘指指戳戳，咬耳朵，点脑袋，转眼珠子，撇嘴唇子。大德生的碾米的师傅、量米的伙计议论："两代人操一张×，这叫什么事！"——"船多不碍港，客多不碍路，一个羊也是放，两个羊也是赶，你管他是几代人！"

辜家的女儿身体也不好，脸上总是黄白黄白的，她把王厚堃请到屋里看病。王厚堃给她号了脉，看了舌苔，开了脉案，大体说是气血两亏，天癸不调……辜家女儿问什么是"天癸不调"，王厚堃说就是月经不正常。随即写了一个方子，无非是当归、枸杞之类。

王厚堃站起身来要走，辜家女儿忽然把门闩住，一把抱住了王厚堃，含含糊糊地说："你要要我、要要我，我喜欢你，喜欢你……"

王厚堃没有想到她会这样，只好和她温存了一会儿，轻轻地推开了她，说：

"不行。"

"不行？"

"我不能欺负你。"

王厚堑给她掩了前襟,扣好纽子,开门走了。

王厚堑悬崖勒马,也因为他就要结婚了,他要保留一个童身。

过了两个月,王厚堑结婚了。花轿从辜家豆腐店门前过,前面吹着唢呐,放着三眼铳。螺蛳坝的人都出来看花轿,辜家的女儿也挤在人丛里看。

花轿过去了,辜家的女儿坐在一张竹椅上,发了半天呆。

忽然她奔到自己的屋里,伏在床上号啕大哭。哭的声音很大,对面烧茶炉子的和打芦席的大娘都听得见,只是听不清她哭的是什么。三位大娘听得心里也很难受,就相对着也哭了起来,哭得稀溜稀溜的。

辜家的女儿哭了一气,洗洗脸,起来泡黄豆,眼睛红红的。

一九九四年二月十五日

最响的炮仗

孟家炮仗店的孟老板，孟和，走出巷口。

唉，孟老板这一趟走出巷口跟哪一趟都不大同。

一切都还是差不多。一出他家的门，向北，一爿油烛店。砖头路。左边一堵人家的院墙，墙上两条南瓜藤，南瓜藤早枯透了。右边一堵墙，突出了肚子，上面一张红纸条：出卖重伤风。自然这是个公厕，一个老厕所。老厕所原有的味儿。孟老板在这里撒过几十年的尿。砖头路。一个破洋瓷脸盆半埋在垃圾堆中。一个小旅馆，黑洞洞的，黑洞洞的梁上还挂一个旧灯笼，灯笼上画了几个蝙蝠，五福迎门。路上到处是草屑，有人挑过草。两行水滴，有人挑过水。一个布招，孟老板多年习惯从那个布招下低头而过。再过去，一个小小理发店，墙壁上是公安局冬防布告："照得年关岁暮，宵小匪盗堪猖，……"白纸黑字，字是筋骨饱满的颜体，旁边还贴有个城隍大会建会疏启，黄表纸。凡多招贴处皆为巷口，这里正是个人来人往的巷口。

孟老板看了一眼"照得……"，一跳便至"中华民国"了。他搔搔头，似乎想弄清楚现在究竟是民国几年。巷口一亮。亮出那面老蓝布招子，上了年纪的蓝布招上三个大白字：古月楼。这才听见古月楼茶房老五一声"加蟹一笼——"啊，老五的嗓子，由尖锐到嘶哑，三十年了，一切那么熟悉。所以古月楼三个字终日也不见得有几个客人仰面一看，而大家却和孟老板一样，知道那是古月楼，一个茶楼。那是老五的嗓子，喊了近三十年。

太阳落在古月楼楼板上。一片阳光之中，尘埃野鸟浮动。

孟老板从前是这里的老主顾，几乎每天必到。来喝喝茶，吃吃点心，跟几个熟人见见面，拱拱手，由天气时事谈下去。谈谈生意上事情，地方上事情。如何承办冬防，开济贫粥厂；河工，水龙，施药，摆渡船，通阴沟，挑公厕里的粪，无所不谈。照例凡有须孟老板出力处他没有不站出来的，有须出钱处，也从不肯后人。凡事有个面子，人是为人活下来的，对自己呢，面子得顾。

孟老板在这条巷子有一个名字，在这个小城中，也有一块牌子。（北京的大树，南京沈万山，人的名儿，树的影儿。）

孟老板走到巷口，停了一停。他本应现在即坐到古月楼上等起来，但是他拐弯了。

这一趟走出巷口跟哪一趟可都不同。他要跟一个人接头关于嫁他的女儿的事去。

孟老板拐了弯，便看见自己家的那个炮仗店。孟老板从他的炮仗店门前而过。关着门，像是静静的，过年似的。这是孟老板要嫁女儿的缘故。

从前，从前孟家炮仗店门前总拥着一堆孩子，男孩子，女孩子，歪着脖子，吮着指头，看两个老师傅做炮仗。老师傅在三副木架子（多不平常的东西啊）之中的两个上车炮仗筒子。郭槖，一个，郭槖，一个。一簇小而明亮的眼睛随老师傅的手而动。炮仗店的地面特别的干，空气也特别的干。白木架子，干干净净。有的地方发亮，手摸得发亮。老师傅还向人说过，一辈子没有用过这么趁手的架子。这是天下最好的架子。天下有多大，多宽？老师傅自不明白，也不怎么想明白。

这个城实在小，放一个炮仗全城都可听见！一到快吃午饭时候，这一带的人必听到"砰——訇！"照例十来声，都知道孟家试炮仗，试双响。双响在空中一声，落地一声，又名天地响。试炮仗有一定的地方，一片荒地，广阔无边，从巷口不拐弯，一直向北，一直下去就是了。你每天可以看到孟老板在一棵柳树旁边，有时带着他的孩子。把炮仗一个一个试放。这是这个小城市每天的招呼。保安队天一亮就练号，承天寺到晚上必撞钟，中午孟家放炮仗。这几种声音，在春天，在冬天，在远处近处，在风中雨中，继续存在，消失，而共同保留在一切人的印象中，记忆中。人都慢慢长大了。

全城不止三家炮仗店，而孟家三代以来比任何一家的炮仗都响。四乡八镇，甚至邻近县城，娶媳妇，嫁女儿，讲究人家，都讲究用孟家炮仗，好像才算是放炮仗。

香期，庙会，盂兰焰口，地藏王生日，清明，冬至，过年，孟家架上没有"连日货"。满堂红万点桃花一千八百响落在雪地上真是一种气象。这得先订。老师傅一个下半年总要打夜作，一面喝酒，一面工作到天明。还有著名的孟家烟火，全城没得第二家。

烟火是秘传，孟老板自己配药串信子，老师傅都帮不了忙。一堂烟火抵一季鞭炮。一堂，或三套或五套不等。年丰岁月，迎灵出会，人神共乐，晚上少不了放烟火。放烟火在那片荒地上。荒地上两个高架子。不知道的人猜不出那是缢死囚用还是干什么别的用的。就在烟火上，孟老板损了一只眼睛。

某年，城中大赛会，烟火共计有五堂之多，孟家所做，有外县一家所做。十年恰逢金满斗，不能白白放过！好，有得看了。烟火教这阖城的人有一个今天的晚上：老妈子洗碗洗得特别快，姑娘在灯前插一朵鬓边花。妈多给了孩子几个铜子儿，生意经纪坐在坟前吃一碗豆腐脑。杀猪的已穿上新羽绫马褂，花兜肚里装满了银钱，再不浑身油臭，泥水匠的手干干净净，卖鲜货的手里一串山里红，"来了？""来了。刚来？""三姨，三姨——""狗子你别乱跑呀！"各人占好地方，十番"锣鼓飞动"放了！"炮打泗州城""芦蜂追秃子"……遂看得人欢声雷动，尽力喝吼，如醉如狂，踏得野地里草都平了——最后，两套"天下太平"牵上去，等着看高下了。孟家烟火放紫光绿光，黄色橘色，喷兰花珠子，落飞蛾雪花，具草木虫鱼百状情形。"好。""好，是好！”而忽然，熄了。怎么回事？熄了？熄了。熄了！接火引信子嗤嗤有声，可是发不出火来。等！不着。等，不着！起先大众中还只吃吃喳喳，后来，大家那个叫呀，闹呀，吰喝呀，拍手吹哨呀。孟和那时年纪还小，咽得下这个吗？“拿梯子来！”攀上颤巍巍三十二档竹梯，看看到底是怎么回事。整了整信子，再看，正在他觑近时，一个“天鹅蛋”打出来，正中左眼，一脚摔了下来。左眼从此废去了，成为一个独眼龙。

　　大家看烟火。大家都认得孟老板这个人了！“这么一个人，这么一个人”，心里不由不感叹。一个小学生第二天作文“若孟君者，真乃一勇敢之人也”，先生给加了一个双圈。孟老板一只眼睛虽已废去，孟家烟火也从此站住了。五百里方圆，凡有死丧庆吊红白喜事，用烟火必找孟家。孟家炮仗店有个字号，但知道的不多，只晓得孟家炮仗店。一到过年，孟家炮仗店排挞门上贴上万年红春联，联上抹熟桐油，亮得个发欢，刘石庵体，八个大字：

　　生财大道　处世中和

门边柱子上的那一条是全城最长的，从"自造"到"发客"计三十余字。孟老板手上一个汉玉扳指。孟老板旱烟袋上一个玻璃翠葫芦嘴子。孟老板每天在这个巷子里走好多回。从家里到店里，从店里到家里。"孟老板"这个称呼跟孟老板本人是一个。天下有若干姓孟的老板，然而天下只有这么一个孟老板。个子不高，方方正正的脸，走路慢慢的，说话慢慢的，坏了一只眼睛也并无人介意，小孩子看到那个脸上的笑也仍是一个极好的笑。在这个巷子里熟悉亲切地笑。

孟老板差不多每天要到古月楼坐坐。喝喝茶，吃吃点心，跟几个熟人见见面，谈谈。古月楼中有他一个长定座儿。吃茶时老五还是个小孩子，来古月楼做学徒还由孟老板作的保。老五当年有个癞痢头，如今一头黑发，人走了运。

但是孟老板这一趟走出巷口跟那一趟都不同。孟家炮仗店的门关上了。孟老板要把女儿嫁出去。

北伐成功，破除了迷信，神像推倒，庙产充公，和尚尼姑还俗，鞭炮业自然大受影响。虽然"打倒列强，打倒列强"唱了一阵之后，委员们又都自称信士弟子，忙着给肉身菩萨披红上匾，可是地方连年水旱兵灾，百姓越来越苦，有兴致放鞭炮的究竟少了，烟火更是谈不上。二十年河堤决口，生意更淡。接着是硝磺缺售，成本高，货源少，一年卖不出几挂千子红。后来，保安队贴出大布告，不许民间燃放炮竹，风声鹤唳，容易引起误会云云！

渐渐地，孟老板简直不容易在古月楼茶客中见到了。

店开不下去。家里耗了个空。背得一身的债。

这一带的人多久已不听见试炮声音。

孟老板还在这条巷子里走出走进。所欠的债务多半是一个姓宋的做的中保。姓宋的专是一个说是打合，牵线接头，陪人家借字，吃白食，拿干钱角色！

今天，现在孟老板就是要碰这个姓宋的去，谈谈嫁女儿的事情。早先约好，在古月楼见面，再谈一趟，就定聘了。

古月楼呀，孟老板像是从来没上这个地方去过，完全是个陌生。孟老板出了巷口而拐弯了。他要上哪里去呢？是的，上哪儿去呢？他好像是在转了一会儿，也不问一问他自己。他只是信步而行，过了东街。数十年如一日，铺在这里的东街。烧饼店的烧饼，石灰店里的石灰，染坊师傅的蓝指甲，测字先生的缺嘴紫砂茶壶，……每一块砖头在左边一块的右边，右边一块的左边，孟老板从这里过去。这些东西要全撤去，孟老板仍是一个孟老板，他现在也没有一句话要向世人说。

一个糕饼店小伙计懒声懒气地唱，听声音他脸多黄：

"我好比……"这个声音孟老板必然也听到，却越走越远，混杂到人之中去了。

约莫两个多钟头之后，孟老板下了楼来。脸上蜡渣黄，他身边是那个姓宋的，两人走到屋檐口，站了一站。姓宋的帽子取下来，搔了搔头，想说什么，想想，又不说了。仍旧把帽子戴上。"回见。""回见。"

孟老板看姓宋的走到巷口，立在那里欣赏公安局布告。他其实也没看进去。这布告贴了一星期，一共十二句，早都知道说的什么。他是老看定那一行"照得年关岁暮"。他也看见最后"民国二十六"，"年"字上面一颗朱印，肥肥壮壮的假瘗鹤铭体。孟老板忽然发现这家伙的头真小！一种说不出的厌恶，他想摸上去一口把他耳朵咬下来。孟老板一生不骂人，现在一句话停在他嘴边：

"我×你十八代祖宗！"他一肚子愤怒，他要狂叫，痛哭，要喊，要把头撞在墙上，要拔掉自己头发，要跳起脚来呼天抢地。

但这只是一霎眼之间的事，马上平息下去。他感到腿上有点冷，一个寒噤。年老了，快五十了。

这时什么地方突地来了一声，"孟老板！"孟老板遽然问"什么事？"这才看出是挑水的老王。这人愣头愣脑。一对水桶摆呀摆的，扁担上挂了一条牛鞭子，一绺青蒜。自然是"没有事"。眼看着这人愣着眼睛过去后，自言自语，"没有事，没有事，有什么事呢？"这教孟老板想起回家了。

　　孟老板把女儿嫁给保安队一个班长。姓宋的做媒，明天过门。

　　"唉，老孟，老孟，你真狠心，实在是把女儿卖了。"

　　孟家的房子真黑。女儿的妈陪着女儿做点衣裳，用从"聘礼"中抽出来的钱，制两件衬衣，一件花布棉袍子。剪刀声中不时夹杂着母亲一声干咳。女儿不说话。孟老板也不说话。

　　他这两天脾气非常的好。好得特别。两个小的孩子，也分外的乖，安安静静的。爸爸给他们还剪了剪指甲。

　　一个孩子找两个铜钱，剪纸做了个毽子，踢了两下，又靠着妈坐下来。一切都似乎给什么冻着了，天气可还不太冷。

过了三天，日子到了。妈还买了两支"牙寸"烛点上，黑黑的堂屋里烛火闪闪地跳跃。换上新式初上头的女儿来跟爸爸辞行："爸爸，我走了。"

爸爸看看女儿，圆圆的脸。新花布棉袍。眉毛新经收拾弯弯的。"走吧，好好的。到人家去要……你妈呢？"孟老板娘原躲在门后拉衣袖拭眼泪，忙走出来，"大妹你放心去喔，要听话喔！"

大家都像再也无话可说，那么静了一会儿。一同听到街上卖油豆腐的声音。

孟老板女儿的出门是坐洋车去的。遮了把伞送出大门。大门边站了两个看热闹的邻居。两个邻居老太太谈起这件事，叹一口气，"也罢了！"女儿一走，孟老板即出门去，一直向北。

这两天他找到一点废材料，一个人，做了三个特大双响，问他干什么，他一声不说。现在他带了这三个大炮仗出去，一直走到荒地。

他一直走到荒地。荒地辽阔无边，一棵秃树，两个木架子，衰草斜阳，北风哀动。孟老板把三个双响一个一个点上，随即拼命把炮仗向天上扔。真是一个最响的炮仗。多少日子以来没有过的新鲜声音。这一带人全都听到了。没有一个人知道是怎么回事。

你们贵处有没有这样的风俗：不作兴向炮仗店借火抽烟？这是犯忌讳的事。你去借，店里人跟你笑笑，"我们这里没有火。"你奇怪，他手上拿的正是一根水烟媒子。

三十五年十一月十九日初稿，二十日重写一过

侯 银 匠

白果子树，开白花，
南面来了小亲家。
亲家亲家你请坐，
你家女儿不成个货。
叫你家女儿开开门，
指着大门骂门神。
叫你家女儿扫扫地，
拿着笤帚舞把戏。
……

侯银匠店是个不大点的小银匠店。从上到下，老板、工匠、伙计，就他一个人。他用一把灯草浸在油盏里，用一个弯头的吹管把银子烧软，然后用一个小锤子在一个钢模子或一个小铁砧上叮叮咚咚敲打一气，就敲出各种银首饰。麻花银镯、小孩子虎头帽上钉的银罗汉、系围裙的银链子、发蓝簪子、点翠簪子……侯银匠一天就这样叮叮咚咚地敲，戴着一副老花镜。

侯银匠店特别处是附带出租花轿。有人要租，三天前订好，到时候就由轿夫抬走。等新娘拜了堂，再把空轿抬回来。这顶花轿平常就停在屏门前的廊檐上，一进侯银匠家的门槛就看得见。银匠店出租花轿，不知是一个什么道理。

侯银匠中年丧妻，身边只有一个女儿。他这个女儿很能干。在别的同年的女孩子还只知道梳妆打扮，抓子儿、踢毽子的时候，她已经把家务全撑了起来。开门扫地、掸土抹桌、烧茶煮饭、浆洗缝补，事事都做得很精到。她小名叫菊子，上学之后学名叫侯菊。街坊四邻都很羡慕侯银匠有这么个好女儿。有的女孩子躲懒贪玩，妈妈就会骂一句："你看人家侯菊！"

一家有女百家求，头几年就不断有媒人来给侯菊提亲。侯银匠总是说："孩子还小，孩子还小！"千挑选万挑选，侯银匠看定了一家。这家姓陆，是开粮行的。弟兄三个，老大老二都已经娶了亲，说的是老三。侯银匠问菊子的意见，菊子说："爹做主！"侯银匠拿出一张小照片让菊子看，菊子扑哧一声笑了。"笑什么？"——"这个人我认得！他是我们学校的老师，教过我英文。"从菊子的神态上，银匠知道女儿对这个女婿是中意的。

侯菊十六那年下了小定。陆家不断派媒人来催侯银匠早点把事办了。三天一催，五天一催。陆家老三倒不着急，着急的是老人。陆家的大儿媳妇、二儿媳妇进门后都没有生养，陆老头子想三媳妇早进陆家门，他好早一点抱孙子。三天一催，五天一催，侯菊有点不耐烦，说："总得给人家一点时间准备准备。"

侯银匠拿出一堆银首饰叫菊子自己挑。菊子连正眼都不看，说："我都不要！你那些银首饰都过了时。现在只有乡下人才戴银镯子、发蓝簪子、点翠簪子，我往哪儿戴，我又不梳髻！你那些银玩事现在人都不知道是干什么用的！"侯银匠明白了，女儿是想要金的。他搜罗了一点金子给女儿打了一对秋叶形的耳坠、一条金链子、一个五钱重的戒指。侯菊说："不是我稀罕金东西。大嫂子、二嫂子家里都是有钱的，金首饰戴不完。我嫁过去，有个人来客往的，戴两件金的，也显得不过于寒碜。"侯银匠知道这也是给当爹做脸，于是加工细做，心里有点甜，又有点苦。

爹问菊子还要什么，菊子指指廊檐下的花轿，说："我要这顶花轿。"

"要这顶花轿？这是顶旧花轿，你要它干什么？"

"我看了看，骨架都还是好的。这是紫檀木的。我会把它变成一顶新的！"

侯菊动手改装花轿，买了大红缎子、各色丝绒，飞针走线，一天忙到晚。轿顶绣了丹凤朝阳，轿顶下一周圈鹅黄丝线流苏走水。"走水"这词儿想得真是美妙，轿子一抬起来，流苏随轿夫脚步轻轻地摆动起伏，真像是水在走。四边的帏子上绣的是八仙庆寿。最出色的是轿帘前的一对飘带，是"纳锦"的。"纳"的是两条金龙，金龙的眼珠是用桂圆核剪破了钉上去的（得好些桂圆才能挑得出四只眼睛），看起来乌黑闪亮。她又请爹打了两串小银铃，作为飘带的坠脚。轿子一动，银铃碎响。轿子完工，很多人都来看，连声称赞：菊子姑娘的手真巧，也想得好！

转过年来，春暖花开，侯菊就坐了这顶手制的花轿出门。临上轿时，菊子说了声："爹！您多保重！"鞭炮一响，老银匠的眼泪就下来了。

花轿没有再抬回来，侯菊把轿子留下了。这顶簇崭新的花轿就停在陆家的廊檐下。

　　侯菊有侯菊的打算。

　　大嫂、二嫂家里都有钱。大嫂子娘家有田有地，她的嫁妆是全堂红木，压箱底一张田契，这是她的陪嫁。二嫂子娘家是开糖坊的。侯菊有什么呢？她有这顶花轿。她把花轿出租。全城还有别家出租花轿，但都不如侯菊的花轿鲜亮，接亲的人家都愿意租侯菊的花轿。这样她每月都有进项。她把钱放在迎桌抽屉里。这是她的私房钱，她想怎么花就怎么花。她对新婚的丈夫说："以后你要买书，订杂志，要用钱，就从这抽屉里拿。"

　　陆家一天三顿饭都归侯菊管起来。大嫂子、二嫂子好吃懒做，饭摆上桌，拿碗盛了就吃，连洗菜剥葱、涮锅、刷碗都不管。陆家人多，众口难调。老大爱吃硬饭，老二爱吃软饭，公公婆婆爱吃烂饭。各人吃菜爱咸爱淡也都不同。侯菊竟能在一口锅里煮出三样饭，一个盘子里炒出不同味道的菜。

　　公公婆婆都喜欢三儿媳妇。婆婆把米柜的钥匙交给了她，公公连粮行账簿都交给了她，她实际上成了陆家的当家媳妇。她才十七岁。

　　侯银匠有时以为女儿还在身边。他的灯碗里油快干了，就大声喊："菊子!给我拿点油来!"及至无人应声，才一个人笑了："老了! 糊涂了!"

女儿有时提了两瓶酒回来看看他，椅子还没有坐热就匆匆忙忙走了。侯银匠想让女儿回来住几天，他知道这办不到，陆家一天也离不开她。

侯银匠常常觉得对不起女儿，让她过早地懂事，过早地当家。她好比一树桃子，还没有开足了花，就结了果子。

女儿走了，侯银匠觉得他这个小银匠店大了许多，空了许多。他觉得有些孤独，有些凄凉。

侯银匠不会打牌，也不会下棋。他能喝一点酒，也不多，而且喝的是慢酒。两块从连万顺买来的茶干，二两酒，就够他消磨一晚上。侯银匠忽然想起两句唐诗，那是他錾在"一封书"样式的银簪子上的（他记得的唐诗本不多）。想起这两句诗，有点文不对题:

姑苏城外寒山寺，
夜半钟声到客船。

兽　医

姚有多是本城有名的兽医（本城兽医不多），外号"姚六针"。他给牲口治病主要是扎针，六针见效。他不像一般兽医，要把牲口在杠子上吊起来，而只是让牲口卧着，他用手在牲口肚子上摸摸，用耳朵贴在肠胃部分听听，然后从针包里抽出一尺长的针，噌噌噌，照牲口肚子上连下三针，牲口便会放一连串响屁，拉好些屎；接着再抽出三根针，噌噌噌，又下三针，牲口顿时就浑身大汗；最后，把事先预备好的稻草灰，用笤帚在牲口身上拍一遍，不到一会儿，牲口就能挣扎着站起来，好了！

围着看的人都说："真绝！"

据姚有多说：前三针是"通"，牲口得病，大都在肠，肠梗阻、肠套结什么的，肠子通了，百病皆除。后三针是"补"——"扎针还能补？""能，不补则虚，虚则无力。"他有时也用药，用一个木瓢把草药给骡马灌下去，也不煎，也不煮，叫牲口干吞。好家伙，那么一瓢药，够牲口嚼的。吃完，把牲口领起来遛几圈，牲口打几个响鼻，又开始吃青草了。

姚有多每天起来很早，一起来先绕着城墙走一圈，然后到东门里王家亭子的空地上练两套拳。他说牲口一挨针扎，会踢人，兽医必须会武功。能蹿能跳，防身。

姚有多的女人前两年得病死了，没有留下孩子，他一个人过。

谁都知道姚有多不缺钱，但是他的生活很简朴。早上一壶茶，三个肉包子，本地人把这种吃法叫作"一壶三点"；中午大都是在吴大和尚的饺面店里吃一碗面，两个糖酥烧饼；晚饭就更简单了，喝粥。本地很多人家每天都是"两粥一饭"。

他不喝酒，不打牌。白天在没有人来请医的时候，看看熟人；晚上到保全堂药店听一个叫张汉轩的万事通天南地北地闲聊。

一天下午，姚有多在刘春元绒线店的廊檐外，看到一个卖油条的孩子跟一位老者下象棋。老者胡子花白，孩子也就是六七岁。一盘棋下了一半，花白胡子已经招架不住，手忙脚乱，败局已定。旁观的人全都哈哈大笑。

收拾了棋盘棋子，姚有多问孩子："你是小顺子吧？"

"你怎么知道？"

"你还戴着你爹的孝呢！——长得也像。"

"你认识我爹？"

"我们从前是很好的朋友。"

"你是姚二叔。"

"你认识我？"

"谁不认识！"

"你妈还好？"

"还好。"

"小顺子，回去跟你妈说，你也不小了，不能老是卖油条。问她愿不愿让你跟我学兽医。我看你挺聪明。准能学成个好兽医！"

"欸！得罪你啦，二叔！"

顺子前年死了爹，剩下母子二人相依为命。顺子卖油条，他妈给人洗衣裳。

顺子的爹生前租下两间房，这房的特点是门外有一口青麻石井栏的井，这样用起水来非常方便。顺子妈每天大件大件地洗，洗完了晾在井边的竹竿上。顺子妈洗的被褥干净，叠的衣服整齐，来找她拆洗的人很多。

顺子妈干什么都既从容又利落，动作很快，本地人管这样的人叫"刷刮"。

顺子妈长得很脱俗，个子稍高，肩背都瘦瘦薄薄的。她只有几件布衣裳，但是可体合身。发髻一边插一朵绒线小白花，是给亡夫戴的孝。她的鞋面是银灰色的，这双银灰色的鞋，使她有一种说不出的风韵。

顺子妈和街坊处得很好，有求她裁一身衣服的，"替"一双鞋样的，绞个脸的，她无不答应——本地新娘子出嫁前要用两根白线把脸上的汗毛"绞"了，显出额头，叫作"绞脸"。但是她很少到人家串门，因为她是个"半边人"（本地称寡妇为"半边人"），怕人家忌讳。她经常走动、聊天说话的是隔壁的金大娘，开茶炉子卖开水的金大力的老婆，金大娘心善人好只是话多，爱管闲事。

一天晚上，顺子妈把晾干的衣裳已经叠好，金大娘的茶炉子来买水的人也不多了，她就过来找金大娘闲聊——她们是紧邻。

"二嫂子，"金大娘总是叫顺子妈为二嫂子，"我有句话，不知当讲不当讲。讲错了，你别生气。"

"你说。"

"你也该往前走一步了。"

本地把寡妇改嫁叫"往前走一步"。

"我不是没有想过，只是忘不了死鬼。"

"你不能守一辈子！"

"再说，也没有合适的人。我怕进来一个后老子，待顺子不好，那我这心里就如刀剜了！"

"合适的人？有！"

"谁？"

"姚有多。他前些时还想收顺子当徒弟，不会苦了孩子。"

"我想想。"

"想想！过两天给我个回话，摇头不是点头是！"

姚有多原来也没有往这件事上想过，金大娘一提，他心动了，走过来走过去，总要向井台上看看。他这才发现，顺子妈长得这样素雅，他的心怦怦直跳。

顺子妈在洗衣裳，听到姚有多的脚步声，不免也抬眼看了看。

事情就算定了。

顺子妈除了孝，把发髻边的小白花换成一朵大红剪绒的喜字，脱了银灰色的旧鞋，换了一双绣了秋海棠的新鞋，就像换了一个人。

刘春元绒线店的刘老板，保全堂药店的卢管事算是媒人。

顺子妈亲自办了两桌席谢媒。

把客人送走，洗了碗碟，月亮上来了。隔着房门听听，顺子已经呼呼大睡。

顺子妈轻轻闩上房门。姚有多已经上床。

顺子妈吹了灯，借着月光，背过身来，解开纽扣……

晚饭花

晚饭花就是野茉莉。因为是在黄昏时开花，晚饭前后开得最为闹哄，故又名晚饭花。

野茉莉，处处有之，极易繁衍。高二三尺，枝叶披纷，肥者可荫五六尺。花如茉莉而长大，其色多种易变。子如豆，深黑有细纹。中有瓤，白色，可作粉，故又名粉豆花。曝干作蔬，与马兰头相类。根大者如拳、黑硬，俚医以治吐血。

——吴其濬：《植物名实图考》

珠 子 灯

这里的风俗，有钱人家的小姐出嫁的第二年，娘家要送灯。送灯的用意是祈求多子。元宵节前几天，街上常常可以看到送灯的队伍。几个女用人，穿了干净的衣服，头梳得光光的，戴着双喜字大红绒花，一人手里提着一盏灯；前面有几个吹鼓手吹着细乐。远远听到送灯的箫笛，很多人家的门就开了。姑娘、媳妇走出来，倚门而看，且指指点点，悄悄评论。这也是一年的元宵节景。

一堂灯一般是六盏。四盏较小，大都是染成红色或白色，而且画了红花的羊角琉璃泡子。一盏是麒麟送子：一个染色的琉璃角片扎成的娃娃骑在一匹麒麟上。还有一盏是珠子灯：绿色的玻璃珠子穿扎成的很大的宫灯。灯体是八扇玻璃，漆着红色的各体寿字，其余部分都是珠子，顶盖上伸出八个珠子的凤头，凤嘴里衔着珠子的小幡，下缀珠子的流苏。这盏灯分量相当的重，送来的时候，得两个人用一根扁担抬着。这是一盏主灯，挂在房间的正中。旁边是麒麟送子，琉璃泡子挂在四角。

到了"灯节"的晚上，这些灯里就插了红蜡烛，点亮了。从十三"上灯"到十八"落灯"，接连点几个晚上。平常这些灯是不点的。

屋里点了灯，气氛就很不一样了。这些灯都不怎么亮（点灯的目的原不是为了照明），但很柔和。尤其是那盏珠子灯，洒下一片淡绿的光。绿光中珠幡的影子轻轻地摇曳，如梦如水，显得异常安静。元宵的灯光扩散着吉祥、幸福和朦胧暧昧的希望。

孙家的大小姐孙淑芸嫁给了王家的二少爷王常生。她屋里就挂了这样六盏灯。不过这六盏灯只点过一次。

王常生在南京读书，秘密地加入了革命党，思想很新。订婚以后，他请媒人捎话过去：请孙小姐把脚放了。孙小姐的脚当真放得很好，看起来就不像裹过的。

孙小姐是个才女。孙家对女儿的教育很特别，教女儿读诗词。除了《长恨歌》《琵琶行》，孙小姐能背全本《西厢记》。嫁过来以后，她也看王常生带回来的黄遵宪的《日本国志》和林译小说《迦茵小传》《茶花女遗事》……

两口子琴瑟和谐，感情很好。

不料王常生在南京得了重病，抬回来不到半个月，就死了。

王常生临死对夫人留下遗言："不要守节"。

但是说了也无用。孙王两家都是书香门第，从无再婚之女。改嫁，这种念头就不曾在孙小姐的思想里出现过。这是绝不可能的事。

从此，孙小姐就一个人过日子。这六盏灯也再没有点过了。

她变得有点古怪了，她屋里的东西都不许人动。王常生活着的时候是什么样子，永远是什么样子，不许挪动一点。王常生用过的手表、座钟、文具，还有他养的一盆雨花石，都放在原来的位置。孙小姐原是个爱洁成癖的人，屋里的桌子椅子、茶壶茶杯，每天都要用清水洗三遍。自从王常生死后，除了过年之前，她亲自监督着一个从娘家陪嫁过来的女用人大洗一天之外，平常不许擦拭。里屋炕几上有一套茶具：一个白瓷的茶盘，一把茶壶，四个茶杯。茶杯倒扣着，上面落了细细的尘土。茶壶是荸荠形的扁圆的，茶壶的鼓肚子下面落不着尘土，茶盘里就清清楚楚留下一个干净的圆印子。

她病了，说不清是什么病。除了逢年过节起来几天，其余的时间都在床上躺着，整天地躺着。除了那个女用人，没有人上她屋里去。

她就这么躺着，也不看书，也很少说话，屋里一点声音没有。她躺着，听着天上的风筝响，斑鸠在远远的树上叫着双声，"鹁鸪鸪——咕，鹁鸪鸪——咕"，听着麻雀在檐前打闹，听着一个大蜻蜓振动着透明的翅膀，听着老鼠咬啮着木器，还不时听到一串嘀嘀嗒嗒的声音，那是珠子灯的某一处流苏散了线，珠子落在地上了。

女用人在扫地时，常常扫到一二十颗散碎的珠子。

她这样躺了十年。

她死了。

她的房门锁了起来。

从锁着的房间里，时常还听见散线的玻璃珠子嘀嘀嗒嗒落在地板上的声音。

晚 饭 花

李小龙的家在李家巷。

这是一条南北向的巷子，相当宽，可以并排走两辆黄包车。但是不长，巷子里只有几户人家。

西边的北口一家姓陈。这家好像特别的潮湿，门口总飘出一股湿布的气味，人的身上也带着这种气味。他家有好几棵大石榴，比房檐还高，开花的时候，一院子都是红通通的。结的石榴很大，垂在树枝上，一直到过年下雪时才剪下来。

陈家往南，直到巷子的南口，都是李家的房子。

东边，靠北是一个油坊的堆栈，粉白的照壁上黑漆八个大字："双窨香油，照庄发客"。

靠南一家姓夏。这家进门就是锅灶，往里是一个不小的院子。这家特别重视过中秋。每年的中秋节，附近的孩子就上他们家去玩，去看院子里还在开着的荷花，几盆大桂花，缸里养的鱼；看他家在院子里摆好了的矮脚的方桌，放了毛豆、芋头、月饼、酒壶，准备一家赏月。

在油坊堆栈和夏家之间，是王玉英的家。

王家人很少，一共三口。王玉英的父亲在县政府当录事，每天一早便提着一个蓝布笔袋，一个铜墨盒去上班。王玉英的弟弟上小学。王玉英整天一个人在家。她老是在她家的门道里做针线。

王玉英家进门有一个狭长的门道。三面是墙：一面是油坊堆栈的墙，一面是夏家的墙，一面是她家房子的山墙。南墙尽头有一个小房门，里面才是她家的房屋。从外面是看不见她家的房屋的。这是一个长方形的天井，一年四季，照不进太阳。夏天很凉快，上面是高高的蓝天，正面的山墙脚下密密地长了一排晚饭花。王玉英就坐在这个狭长的天井里，坐在晚饭花前面做针线。

李小龙每天放学，都经过王玉英家的门外。他都看见王玉英（他看了陈家的石榴，又看了"双窨香油，照庄发客"，还会看看夏家的花木）。晚饭花开得很旺盛，它们使劲地往外开，发疯一样，喊叫着，把自己开在傍晚的空气里。浓绿的，多得不得了的绿叶子；殷红的，胭脂一样的，多得不得了的红花；非常热闹，但又很凄清。没有一点声音。在浓绿浓绿的叶子和乱乱纷纷的红花之前，坐着一个王玉英。

这是李小龙的黄昏。要是没有王玉英，黄昏就不成其为黄昏了。

李小龙很喜欢看王玉英，因为王玉英好看。王玉英长得很黑，但是两只眼睛很亮，牙很白。王玉英有一个很好看的身子。

红花、绿叶、黑黑的脸、明亮的眼睛、白的牙，这是李小龙天天看的一张画。

王玉英一边做针线，一边等着她的父亲。她已经焖好饭了，等父亲一进门就好炒菜。

王玉英已经许了人家。她的未婚夫是钱老五。大家都叫他钱老五。不叫他的名字，而叫钱老五，有轻视之意。老人们说他"不学好"。人很聪明，会画两笔画，也能刻刻图章，但做事没有常性。教两天小学，又到报馆里当两天记者。他手头并不宽裕，却打扮得像个阔少爷，穿着细毛料子的衣裳，梳着油光光的分头，还戴了一副金丝眼镜。他交了许多"三朋四友"，风流浪荡，不务正业。都传说他和一个寡妇相好，有时就住在那个寡妇家里，还花寡妇的钱。

这些事也传到了王玉英的耳朵里。连李小龙也都听说了嘛，王玉英还能不知道？不过王玉英倒不怎么难过。她有点半信半疑。而且她相信她嫁过去，他就会改好的。她看见过钱老五，她很喜欢他的人才。

钱老五不跟他的哥哥住。他有一所小房，在臭河边。他成天不在家，门老是锁着。

李小龙知道钱老五在哪里住。他放学每天经过。他有时扒在门缝上往里看：里面有三间房，一个小院子，有几棵树。

王玉英也知道钱老五的住处。她路过时，看看两边没有人，也曾经扒在门缝上往里看过。

有一天，一顶花轿把王玉英抬走了。

从此，这条巷子里就看不见王玉英了。

晚饭花还在开着。

李小龙放学回家，路过臭河边，看见王玉英在钱老五家门前的河边淘米。只看见一个背影。她头上戴着红花。

李小龙觉得王玉英不该出嫁，不该嫁给钱老五。他很气愤。

这世界上再也没有原来的王玉英了。

三姊妹出嫁

秦老吉是个挑担子卖馄饨的。他的馄饨担子是全城独一份，他的馄饨也是全城独一份。

这副担子非常特别。一头是一个木柜，上面有七八个扁扁的抽屉；一头是安放在木柜里的烧松柴的小缸灶，上面支一口紫铜浅锅。铜锅分两格，一格是骨头汤，一格是下馄饨的清水。扁担不是套在两头的柜子上，而是打的时候就安在柜子上，和两个柜子成一体。扁担不是直的，是弯的，像一个罗锅桥。这副担子是楠木的，雕着花，细巧玲珑，很好看。这好像是《东京梦华录》时期的东西，李嵩笔下画出来的玩意儿。秦老吉老远地来了，他挑的不像是馄饨担子，倒好像挑着一件什么文物。这副担子不知道传了多少代了，因为材料结实，做工精细，到现在还很完好。

别人卖的馄饨只有一种，葱花水打猪肉馅。他的馄饨除了猪肉馅的，还有鸡肉馅的、螃蟹馅的，最讲究的是荠菜冬笋肉末馅的——这种肉馅不是用刀刃而是用刀背剁的！作料也特别齐全，除了酱油、醋，还有花椒油、辣椒油、虾皮、紫菜、葱末、蒜泥、韭花、芹菜和本地人一般不吃的芫荽。馄饨分别放在几个抽屉里，作料敞放在外面，任凭顾客各按口味调配。

他的器皿用具也特别精洁——他有一个拌馅用的深口大盘，是雍正青花！

笃——笃笃，秦老吉敲着竹梆，走来了。找一个柳荫，把担子歇下，竹梆敲出一串花点，立刻就围满了人。

秦老吉就用这副担子，把三个女儿养大了。

秦老吉的老婆死得早，给他留下三个女儿。大凤、二凤和小凤。三个女儿，一个比一个小一岁，梯子蹬似的。三个丫头一个模样，像一个模子脱出来的。三个姑娘，像三张画。有人跟秦老吉说："应该叫你老婆再生一个的，好凑成一套四扇屏儿！"

姊妹三个，从小没娘，彼此提挈，感情很好。一家人都很勤快。一进门，清清爽爽，干净得像明矾澄过的清水。谁家娶了邋遢婆娘，丈夫气急了，就说："你到秦老吉家看看去！"三姊妹各有所长，分工负责。大裁大剪，单夹皮棉——秦老吉冬天穿一件山羊皮的背心，是大姐的；锅前灶后，热水烧汤，是二姐的；小妹妹小，又娇，两个姐姐惯着她，不叫她做重活，她就成天地挑花绣朵。她把两个姐姐绣得全身都是花。围裙上、鞋尖上、手帕上、包头布上，都是花。这些花里有一样必不可少的东西，是凤。

姊妹三个都大了。一个十八，一个十七，一个十六。该嫁了。这三只凤要飞到哪棵梧桐树上去呢？

三姊妹都有了人家了。大姐许了一个皮匠，二姐许了一个剃头的，小妹许的是一个卖糖的。

皮匠的脸上有几颗麻子，一街人都叫他麻皮匠。他在东街的"乾陞和"茶食店廊檐下摆一副皮匠担子。"乾陞和"的门面很宽大，除了一个柜台，两边竖着的两块碎白石底子堆刻黑漆大字的木牌——一块写着"应时糕点"，一块写着"满汉饽饽"。这之外，没有什么东西，放一副皮匠担子一点不碍事。麻皮匠每天一早，"乾陞和"才开了门，就拿起一把长柄的笤帚把店堂打扫干净，然后就在"满汉饽饽"下面支起担子，开始缲鞋。他是个手脚很快的人。走起路来腿快，缲起鞋来手快。只见他把锥子在头发里"光"两下，一锥子扎过鞋帮鞋底，把两根用猪鬃引着的蜡线对穿过去，嗤——嗤，两把就缰了一针。流利合拍，均匀紧凑。他缰鞋的时候，常有人歪着头看。缰鞋，本来没有看头，但是麻皮匠缰鞋就能吸引人。大概什么事做得很精熟，就很美了。因为手快，麻皮匠一天能比别的皮匠多缰好几双鞋。不但快，缰得也好。针脚细密，楦得也到家，穿在脚上，不易走样。因此，他生意很好。也因此，落下"麻皮匠"这样一个称号。人家做好了鞋，叫用人或孩子送去缰，总要叮嘱一句："送到麻皮匠那里去。"这街上还有几个别的皮匠。怕送错了。他脸上的那几颗麻子就成了他的标志。他姓什么呢？好像是姓马。

二姑娘的婆家姓时。老公公名叫时福海。他开了一片剃头店，字号也就是"时福海记"。剃头的本属于"下九流"，他的店铺每年贴的春联却是："头等事业，顶上生涯"。自从清朝推翻，建立民国，人们剪了辫子，他的店铺主要是剃光头，以"水热刀快"为号召。时福海像所有的老剃头待诏一样，还擅长向阳取耳（掏耳朵），捶背拿筋。剃完头，用两只拳头给顾客毕毕剥剥地捶背（捶出各种节奏和清浊阴阳的脆响），噎噎地揪肩胛后的"懒筋"——捶、揪之后，真是"浑身通泰"。他还专会治"落枕"。睡落了枕，歪着脖子走进去，时福海把你的脑袋搁在他弓起的大腿上，两手扶着下颚，轻试两下，"咔叽"——就扳正了！老年间，剃头匠是半个跌打医生。

这地方不知怎么会有这么一个传统，剃头的多半也是吹鼓手（不是所有的剃头匠都是吹鼓手，也不是所有的吹鼓手都是剃头匠）。时福海就也是一个吹鼓手。他吹唢呐，两腮鼓起两个圆圆的鼓包，憋得满脸通红。他还会"进曲"。好像一城的吹鼓手里只有他会，或只有他擅长于这个玩意儿。人家办丧事，"六七"开吊，在"初献""亚献"之后，有"进曲"这个项目。赞礼的礼生喝道"进——曲！"时福海就拿了一面荸荠鼓，由两个鼓手双笛伴奏，唱一段曲子。曲词比昆曲还要古，内容是"神仙道化"，感叹人生无常，有《薤露》《蒿里》遗意，很可能是元代的散曲。时福海自己也不知道唱的是什么，但还是唱得感慨唏嘘，自己心里都酸溜溜的。

时代变迁，时福海的这一套有点吃不开了。剃光头的人少了，"水热刀快"不那么有号召力了。卫生部门天天宣传挖鼻孔、挖耳朵不卫生。懂得享受捶背揪懒筋的乐趣的人也不多了。时福海忽然变成一个举动迟钝的老头。

时福海有两个儿子。下等人不避父讳，大儿子叫大福子，小儿子叫小福子。

大福子很能赶潮流。他把逐渐暗淡下去的"时福海记"重新装修了一下，门窗柱壁，油漆一新，全都是奶油色，添了三面四尺高、二尺宽的大玻璃镜子。三面大镜之间挂了两个狭长的镜框，里面嵌了瓷青矸银的蜡笺对联，请一个擅长书法的医生汪厚基浓墨写了一副对子：

不教白发催人老
更喜春风满面生

他还置办了"夜巴黎"的香水，"司丹康"的发蜡。顶棚上安了一面白布制成的"风扇"，有滑车牵引，叫小福子坐着，一下一下地拉"风扇"的绳子，使理发的人觉得"清风徐来"，十分爽快。这样，"时福海记"就又兴旺起来了。

大福子也学了吹鼓手。笙箫管笛，无不精通。

这地方不知怎么会流传"倒扳桨""跌断桥""剪靛花"之类的《霓裳续谱》《白雪遗音》时期的小曲。平常人不唱，唱的多是理发的、搓澡的、修脚的、裁缝、做豆腐的年轻子弟。他们晚上常常聚在"时福海记"

唱，大福子弹琵琶。"时福海记"外面站了好些人在听。

二凤要嫁的就是大福子。

三姑娘许的这家苦一点，姓吴，小人叫吴顺福，是个遗腹子。家里只有两个人，一个老母亲，是个跛脚，走起路来一踮一踮的。母子二人，相依为命。妈妈很慈祥，儿子很孝顺。吴顺福是个很聪明的人，十五岁上就开始卖糖。卖糖和卖糖可不一样。他卖的不是普通的芝麻糖、花生糖，他卖的是"样糖"。他跟一个师叔学会了一宗手艺：能把白糖化了，倒在模子里，做成大小不等的福禄寿三星、财神爷、麒麟送子。高的二尺，矮的五寸，衣纹生动，须眉清楚；还能把糖里加了色，不用模子，随手吹出各种瓜果，桃、梨、苹果、佛手，跟真的一样，最好看的是南瓜：金黄的瓜，碧绿的蒂子，还开着一朵淡黄的瓜花。这种糖，人家买去，都是当摆设，不吃。——吃起来有什么意思呢，还不是都是糖的甜味！卖得最多的是糖兔子。白糖加麦芽糖熬了，切成梭子形的一块一块，两头用剪刀剪开，一头窝进腹下，是脚；一头便是耳朵。耳朵下捏一下，便是兔子脸，两边嵌进两粒马料豆，一个兔子就成了！马料豆有绿豆大，一头是通红的，一头是漆黑的。这种豆药店里卖，平常配药很少用它，好像是天生就为了做糖兔的眼睛用的！这种糖兔子很便宜，一般的孩子都买得起。也吃了，也玩了。

师叔死后，这门手艺成了绝活儿，全城只有吴顺福一个人会，因此，他的生意是不错的。

他做的这些艺术品都放在擦得晶亮的玻璃橱子里，在肩上挑着。他的糖担子好像一个小型的展览会，歇在哪里，都有人看。

麻皮匠、大福子、吴顺福，都住得离秦老吉家不远。大姑娘、二姑娘、三姑娘几乎每天都能看到她们的女婿。姐儿仨有时在一起互相嘲戏。三姑娘小凤是个镴嘴子①，咭咭呱呱，对大姐姐说：

"十个麻子九个俏，不是麻子没人要！"

大姐啐了她一口。

她又对二姐姐说：

"姑娘姑娘真不丑，一嫁嫁个吹鼓手。吃冷饭，喝冷酒，坐人家大门口！"

二姐也啐了她一口。

---

① 镴嘴子是一种鸟，喙大而硬。此地说嘴尖舌巧的姑娘为镴嘴子，其实镴嘴子哑着的时候多，不善鸣叫。

两个姐姐容不得小凤如此放肆，就一齐反唇相讥：

"敲锣卖糖，各干各行！"

小妹妹不干了，用拳头捶两个姐姐：

"卖糖怎么啦！卖糖怎么啦！"

秦老吉正在外面拌馅儿，听见女儿打闹，就厉声训斥道：

"靠本事吃饭，比谁也不低。麻油拌芥菜，各有心中爱，谁也不许笑话谁！"

三姊妹听了，都吐了舌头。

姐儿仨同一天出门子，都是腊月二十三。一顶花轿接连送了三个人。时辰倒是错开了。头一个是小凤，日落酉时。第二个是大凤，戌时。最后才是二凤。因为大福子要吹唢呐送小姨子，又要吹唢呐送大姨子。轮到他拜堂时已是亥时。给他吹唢呐的是他的爸爸时福海。时福海吹了一气，又坐到喜堂去受礼。

三天回门。三个姑爷，三个女儿都到了。秦老吉办了一桌酒，除了鸡鸭鱼肉，他特意包了加料三鲜馅的绉纱馄饨，让姑爷尝尝他的手艺。鲜美清香，自不必说。

三个女儿的婆家，都住得不远，两三步就能回来看看父亲。炊煮扫除，浆洗缝补，一如往日。有点小灾小病，头疼脑热，三个女儿抢着来伺候，比没出门时还殷勤。秦老吉心满意足，毫无遗憾。他只是有点发愁：他一朝撒手，谁来传下他的这副馄饨担子呢？

笃——笃笃，秦老吉还是挑着担子卖馄饨。

真格的，谁来继承他的这副古典的，南宋时期的，楠木的馄饨担子呢？

一九八一年九月十日

百 蝶 图

小陈三是个卖绒花的货郎。他父亲活着的时候就是个货郎，卖绒花。父亲死了，子承父业，他十六七岁就挑起货郎担卖绒花。城里人叫他小货郎，也叫他小陈。有些人叫他小陈三，则不知是什么道理。他是个独儿子，并无兄弟。也许因为他人缘好，长得聪明清秀，这么叫着亲切。他家住泰山庙。每天从家里出来，沿科甲巷，越塘，进东门，经王家亭子，过奎楼，奔南市口，在焦家巷、百岁巷、熙和巷等几条大巷子都停一停。把货郎担歇在巷口，举起羊皮拨浪鼓摇一气：布楞、布楞、布楞楞……宅门开了，走出一个大姑娘、小媳妇、老太太。

"小陈三，来了？"

"来了您哪！"

"有好花没有？"

"有！昨天刚从扬州贩来的。您瞧瞧！"

小陈把货郎担的圆笼一个一个打开，摆在扫净的阶石上让人观赏。

他的担子两头各有四层。已经用了两代人，还是严丝合缝，光泽如新，毫不走形。四层圆屉，摞得高高的，但挑起来没有多大分量，因为里面都是女人戴的花：大红剪绒的红双喜、团寿字，这是老太太要的；米珠子穿成的珠花，是少奶奶订的；绢花、通草花，颜色深浅不一，都好像真花，有的通草花上还伏了一只黑凤蝶，凤蝶触须是极细的"花丝"拧成的，拿在手里不停地颤动，好像凤蝶就要起翅飞走。小陈三一枝一枝送到大姑娘、小媳妇、老太太面前，她们能不买一两枝吗？

有的姑娘媳妇是为了看两眼小陈三，才买他的花的。

货郎担的一屉放的是绣花用的彩绒丝线。

一天，小陈挑了货郎担往南城去，到了王家亭子边上，忽然下起雨来。真是瓢泼大雨！雨暴风狂，小陈站不住脚，货郎担被风刮得拧着麻花乱转。附近没有地方可以躲避，小陈三只好敲敲王家亭子的玻璃窗，问里面的王小玉，可以不可以让他进来避避雨。

"可以可以！进来进来！"

这王家亭子紧挨东门，正字应该叫作蝶园，本是王家的花园，算得是一处可以供人游赏的名胜。当年王家常在园中宴客，赋诗饮酒。后来王家渐渐衰败，子孙迁寓苏州，蝶园花木凋残，再也听不到吟诗拍曲的声音，只有"亭子"和亭前的半亩荷塘却保留了下来。所谓"亭子"实是一座五间的大厅。大厅四面开窗，十分敞亮。王家把大厅（包括全堂红木家具）和荷塘交给原来的管家老王头看管。清明上坟，偶尔来蝶园看看，平常是不来的。

小陈的上衣都湿透了，小玉叫他脱下来，在小缸灶里抓了一把柴火，把小陈三的湿衣服搭在烘笼上烤着，扔给他一条手巾，叫他擦擦身上的雨水，给他一件父亲老王头的旧上衣，叫他披披。缸灶火上还炖了一壶茶水——老王头是喝茶的。还好，圆笼里的花没有湿了，但是怕受了潮气，闷得退了色，小玉还是帮小陈一屉一屉揭开，平放在红木条案上。

雨还在下。

小陈说："这雨！"

小玉说："这雨！"

"你一个人，不怕？"

"不怕！怕什么？"

小玉的父亲常常出去，给王家料理一点杂事：完钱粮、收佃户送来的租稻……找护国寺的老和尚聊天、有时还找老朋友喝个小酒，回来时往往是月亮照着城墙垛子了。

小玉胆很大。王家亭子紧挨着城墙，城外荒坟累累，还是杀人的刑场，鬼故事很多，她都不相信，只有一个故事，使她觉得很凄凉：一个外地人赶夜路，到了东门外，想抽一袋烟。前面有几个人围着一盏油灯。赶路人装了一袋烟，凑过去点个火。不想吧唧了半天，烟不着，他用手摸摸火苗，火是凉的！这几个是鬼！外地人赶紧走，鬼在他身后哈哈大笑。小玉时常想起凉的火、鬼哈哈大笑。但是她并不汗毛直竖。这个鬼故事有一种很美的东西，叫她感动。

小玉的母亲死得早，她十四岁就支撑门户，打里打外，利利落落，凡事很有决断。

母亲是个绣花女工，小玉从小就学会绣花。手很巧，平针、"乱劈"、挑花、"纳锦"都会。绣帐檐、门帘、枕头顶，都成。她能出样子、配颜色，在县城里有些名气，"打子儿""七色晕"，她为甄家即将出阁的小姐绣的一对门帘飘带赢得很多人称赞。白缎地子，平金纳锦飞龙。难的是龙的眼睛，眼珠是桂圆核壳钉上去的。桂圆核壳剪破，打了眼，头发丝缝缀。桂圆核很不好剪，一剪就破，又要一般大，一样圆，剪坏了好多桂圆，才能选出四颗眼珠。白地、金龙、乌黑闪亮的龙眼睛，神气活现。

小陈三看王小玉的绣活，王小玉看小货郎的绒花。喝着老王头的土叶茶，说着话，雨停了，小陈的上衣也干了，小陈告辞。小玉送到门口：

"常来！"

"哎，来！"

小陈果然常来歇脚。他们说了很多话，还结伴到扬州辕门桥去过几次。小陈办货，小玉买彩绒丝线。

王小玉是个美人，长得就像王家亭子前才出水的一箭荷花骨朵，细皮嫩肉，一笑俩酒窝。但是你最好不要招惹她。她双眼一瞪，够你小子哆嗦一会子，她会拿绣花针给你身上留下一点记号。

都说王小玉和小陈三是天生的一对。

小玉对小陈是喜欢的，认为他本小利薄，但是是一个有志气、有出息的后生。小玉对她自己的，也是小陈三的前途有个"远景规划"。她叫小陈在南市口租一个门面，当中是店堂，两边设两个玻璃砖面的小柜台。一边卖她的绣活，小陈帮她接活，记账；一边还可以由小陈卖绒花丝线。小陈可以不必再挑货郎担——愿意挑也可以，只是一天磨鞋底子，太辛苦了。兢兢业业，做上几年，小日子会红火起来的。"斗升之家"还能指望什么呢？

对小玉的"蓝图"，小陈表示完全同意，只是：

"太委屈你了！"

"我愿意！"

有一个人不愿意。

谁？

小陈的妈。

小陈的父亲死得早，妈年轻守寡。她是个非常要强的女人。她眼睛有病，双眼有翳——白内障，见人只模模糊糊看见脸，眉眼分不太清，对面来人，听说话才知道是谁。就这样，她还一天不拾闲，忙忙碌碌，家里收拾得"一水也似的"。儿子爱王小玉，她知道，因为儿子早在她耳朵跟前夸小玉，怎么好看，怎么能干，什么事都拿得起，放得下。老太太只是听着，不言语，转着灰白的眼珠子，好像想什么心事。

王小玉给孙家四小姐绣了一个幔帐。这孙四小姐是个很讲究的，欣赏品位很高的才女，衣着都别出心裁，不落俗套。她曾经让小玉绣过一"套"旗袍。一套三件。她一天三换衣，但是乍看看不出来。三件都绣的是白海棠，早起，海棠是骨朵；中午，海棠盛开了；晚上，海棠开败了。她要出嫁了，要小玉绣一个幔帐。她讨厌凤穿牡丹这样大红大绿的花样，叫小玉给她绣一幅"百蝶图"。她收藏了一套《滕王蛱蝶》大册页，叫小玉照着绣。

小玉花了一个月，绣得了，张挂在王家亭，请孙四小姐来验看。孙四小姐一进门，失声说了一个字："好！"王小玉绣的《百蝶图》轰动一城，来看的人很多。

小陈三的妈也来了。经过一个眼科名医金针拨治，她的眼睛好多了，已经能看清楚黄瓜茄子。她凑近去细看了《百蝶图》，越看越有气。

小陈跟老太太提出要把小玉娶过来，他妈瞪着浑浊的眼睛喊叫起来：

"不行！"

小玉太好看，太聪明，太能干，是个人尖子。她的家里，绝对不能有个人尖子。她不能接受，不能容忍！

她宁可要一个窝窝囊囊的平庸的儿媳。

来了一个人尖子，把她往哪儿搁？

"你要娶王小玉，除非等我死了！"

小陈三不明白母亲为什么生那么大的气。小陈是个孝子。"顺者为孝"。他只好听妈的，没有在家里吵嚷吼叫，日子过得还是平平静静的。但是小陈的妈知道，他儿子和妈之间在感情上发生了很大的变化，她知道儿子对她有一种刻骨的怨恨。他一天不说话。他们的关系已经不是母亲和儿子，而是仇敌。

小陈的妈有时也觉得做了一件错事。她也想求儿子原谅她，但是，决不！她没有错！

她为什么有如此恶毒的感情，连她自己也莫名其妙。

一九九六年七月二十三日

百蝶图

合　锦

魏小坡原是一个钱谷师爷。"师爷"是衙门里对幕友的尊称，分为两类。一类是参谋司法行政的，称为"刑名师爷"；一类是主办钱粮、税收、会计的，称为"钱谷师爷"。"刑名师爷"亦称"黑笔师爷"；"钱谷师爷"亦称"红笔师爷"。他们有点近乎后来的参谋、秘书班子。虽无官职，但出谋划策，能左右主管官长的思路举措。师爷是读书人考取功名以外的另一条生活途径，有他们自己一套价值观念。求财取利的法门，也是要从师学习的。师爷自成网络，互通声气，翻云覆雨，是中国的吏治史上的一种特殊人物。师爷大都是绍兴人，鲁迅文章中曾经提到过。京剧

《四进士》中道台顾读的师爷曾经挟带赃款，不辞而别，把顾读害得不浅。清室既亡，这种人没有了，代之而起的是秘书、干事。但是地方官有些事，如何逢迎辖治、推诿延宕……还得把老师爷请去，在"等因奉此"的公文稿上斟酌一番，趋避得体，动一两句话，甚至改一两个字，果然是"一鞭一条痕，一掴一掌血"，老辣之至。事前事后，当官的自然不会叫他们白干，总得有一点"意思"。

魏小坡已经三代在这个县城当师爷。"民国"以后就洗手不干了，在这里落户定居。除了说话中还有一两句绍兴字眼，如"娘东戳杀"，吃菜口重，爱吃咸鱼和霉干菜，此外已经和本地人没有什么两样。他在钱家伙买了四十亩好田（他是钱谷师爷，对田地的高低四至、水源渠堰自然非常熟悉），靠收租过日子。虽不算缙绅之家，比起"挑箩把担"的，在生活上却优裕得多。

他的这座房屋的格局却有些特别，或者也可以说是不成格局。大门朝西，进门就是一台锅灶。有锅三口：头锅、二锅、三锅。正当中是一个矮饭桌，是一家人吃饭的桌子。魏小坡家人口不多，只有四口人。不知道为什么在这样的矮桌上吃饭。南边是两间卧室，住着魏小坡的两个老婆，大奶奶和二奶奶。两个老婆是亲姊妹。

姊妹二人同嫁一个丈夫，在这县城里并非绝无仅有。大奶奶进门三年，没有生养，于是和双亲二老和妹妹本人商量，把妹妹也嫁过来。这样不但妹妹可望生下一男半女，同时姊妹也好相处，不会像娶个小搅得家宅不安。不想妹妹进门三年仍是空怀，姐姐却怀上了，生了一个儿子！

大奶奶为人宽厚。佃户送租子来，总要留饭，大海碗盛得很满，压得很实。没有什么好菜，白菜萝卜烧豆腐总是有的。

锅灶间养着一只狮子玳瑁猫，一只黄狗。大奶奶每天都要给猫用小鱼拌饭，让黄狗嚼得到骨头。

出锅灶间，往后，是一个不大的花园。魏小坡爱花。连翘、紫荆、碧桃、紫白丁香……都开得很热闹。魏小坡一早临写一遍《九成宫醴泉铭》，就趿着鞋侍弄他的那些花。八月，他用莲子（不是用藕）种了一缸小荷花，从越塘捞了二三十尾小鱼秧养在荷花缸里，看看它们悠然来去，真是万虑俱消，如同置身濠濮之间。冬天，蜡梅怒放，天竺透红。

说魏家房屋格局特别是小花园南边有一小侧门，出侧门，地势忽然高起，高地上有几间房，须走上五六级"坡台子"（台阶）才到。好像这是另外一家似的。这是为了儿子结婚用的。

魏小坡的儿子名叫魏潮珠（这县西边有一口大湖，叫甓射湖，据说湖中有神珠，珠出时极明亮，岸上树木皆有影，故湖亦名珠湖）。魏大奶奶盼着早一点抱孙子，魏潮珠早就定了亲，就要办喜事。儿媳妇名卜小玲，是"乾陞和"糕饼店的女儿，两家相距只二三十步路。

我陪我的祖母到魏家去（我们两家是斜对门）。魏家的人听说汪家老太太要来，全都起身恭候。祖母进门道了喜，要去看看魏小坡种的花。"唔，花种得好！花好月圆，兴旺发达！"她还要到后面看看。后面的房屋正中是客厅，东边是新房，西边一间是魏潮珠的书房，全都裱糊得四白落地，簇崭新。我对新房里的陈设，书房里的古玩全都不感兴趣，只有客厅正面的画却觉得很新鲜。画的是很苍劲的梅花。特别处是分开来挂，是四扇屏；相挨着并挂，却是一个大横幅。这样的画我没有见过。回去问父亲，父亲说："这叫'合锦'，这样的画品格低俗，和一个钱谷师爷倒也相配。他这堂画用的是真西洋红，所以很鲜艳。"

卜小玲嫁过来，很快就怀了孕。

魏大奶奶却病了，吃不下东西，只能进水，不能进食，这是"噎嗝"。"疯痨气臌嗝，阎王请的客"，这是不治之症，请医服药，只能拖一天算一天。

一天，大奶奶把二奶奶请过来，交出一串钥匙，对妹妹说："妹妹，我不行了，这个家你就管起吧。"二奶奶说："姐姐，你放心养病。你这病能好！"可是一转眼，在姐姐不留神的时候，她就把钥匙掖了起来。

没有多少日子，魏大奶奶"驾返瑶池"了，二奶奶当了家。

二奶奶持家和大奶奶大不相同。她非常啬刻。煮饭量米，一减再减，菜总是煮小白菜、炒豆腐渣。女用人做菜，她总是嫌油下得太多。"少倒一点！少倒一点！这样下油法，万贯家财也架不住！"咸菜煮小鱼、药芹（水芹菜），这是荤菜。她的一个特点是不相信人，对人总是怀疑、嘀咕、提防，觉得有人偷了她什么。一个女用人专洗大件的被子、帐子，通阴沟、倒马桶，力气很大。"她怎么力气这样大呢？"于是断定女用人偷吃了泡锅巴。丢了一点什么不值几个钱的东西：一块布头、一团烂毛线，她断定是出了家贼，"家贼难防狗不咬！"有一次丢失了一个金戒指，这可不得了，搅得天翻地覆。从里到外搜了用人身子，翻遍了被褥，结果是她自己藏在梳头桌的小抽屉里了！卜小玲坐月子，娘家送来两只老母鸡炖汤。汤放在儿媳妇"迎桌"的砂锅里。二奶奶用小调羹舀了一勺，聚精会神地尝了尝。卜小玲看看婆婆的神态，知道她在琢磨吴妈是不是偷喝了鸡汤又往汤里对了开水。卜小玲很生气，说："吴妈是我小时候的奶妈，我是喝了她的奶长大的，她不会偷喝我的鸡汤！婆婆你就放心吧！你连吴妈也怀疑，叫我感情上很不舒服！"——"我这是为你！知人知面不知心，难说！难说！"卜小玲气得面朝里，不理婆婆："什么人哩！"二奶奶这样多疑，弄得所有的人都不舒服。原来有说有笑、和和气气的一家人，弄得清锅冷灶，寡淡无聊。谁都怕不定什么时候触动二奶奶的一根什么筋，二奶奶的脸上唰地一下就挂下了一层六月严霜。猫也瘦了，狗也瘦了，人也瘦了，花也瘦了。二奶奶从来不为自己的多疑觉得惭愧，觉得对不起人。她觉得理所应该。魏小坡说二奶奶不通人情，她说："过日子必须刻薄成家！"魏小坡听见，大怒，拍桌子大骂："下一句是什么？"①

合
锦

① 这是朱柏庐《治家格言》中的话，"刻薄成家"下一句是"理无久享"。

0
9
1

魏家用过几次用人，有一回一个月里竟换了十次用人。荐头店①要帮人的，听说是魏家，都说："不去！"

后客厅的梅花"合锦"第三条的绫边受潮脱落了，魏小坡几次说拿到裱画店去修补一下，二奶奶不理会。这个屏条于是老是松松地卷着，放在条几的一角。

_____

① 专为介绍女用人的店铺叫"荐头店"或"荐头行"。

薛 大 娘

薛大娘是卖菜的。

她住在螺蛳坝南面，占地相当大，房屋也宽敞，她的房子有点特别，正面、东西两边各有三间低低的瓦房，三处房子各自独立，不相连通。没有围墙，也没有院门，老远就能看见。

正屋朝南，后枕臭河边的河水。河水是死水，但并不臭；当初不知怎么起了这么一个地名。有时雨水多，打通螺蛳坝到越塘之间的淤塞的旧河，就成了活水。正屋当中是"堂屋"，挂着一轴"家神菩萨"的画。这是逢年过节磕头烧香的地方，也是一家人吃饭的地方。正屋一侧是薛大娘的儿子大龙的卧室，另一侧是贮藏室，放着水桶、粪桶、扁担、勺子、菜种、草灰。正屋之南是一片菜园，种了不少菜。因为土好，用水方便——下河坎就能装满一担水，菜长得很好。每天上午，从路边经过，总可以看到大龙洗菜、浇水、浇粪。他把两桶稀粪水用一个长柄的木勺子扇面似的均匀地洒开。太阳照着粪水，闪着金光，让人感到：这又是新的一天了。菜园的一边种了一畦韭菜，垅了一畦葱，还有几架宽扁豆。韭菜、葱是自家吃的，扁豆则是种了好玩的。紫色的扁豆花一串一串，很好看。种菜给了大龙一种快乐。他二十岁了，腰腿矫健，还没有结婚。

薛大娘的丈夫是个裁缝，人很老实，整天没有几句话。他住东边的三间，带着两个徒弟裁、剪、缝、连、锁边、打纽子。晚上就睡在这里。他在房事上不大行。西医说他"性功能不全"，有个江湖郎中说他"只能生子，不能取乐"。他在这上头也就看得很淡，不大有什么欲望。他很少向薛大娘提出要求，薛大娘也不勉强他。自从生了大龙，两口子就不大同房，实际上是分开过了。但也是和和睦睦的，没有听到过他们吵架。

薛大娘自住在西边三间里。

她卖菜。

每天一早，大龙把青菜起出来，削去泥根，在两边扁圆的菜筐里码好，在臭河边的水里濯洗干净，薛大娘就担了两筐菜，大步流星地上市了。她的菜筐多半歇在保全堂药店的廊檐下。

说不准薛大娘的年龄。按说总该过四十了，她的儿子都二十岁了嘛。但是看不出。她个子高高的，腰腿灵活，眼睛亮灼灼的。引人注意的是她的胸脯，尖尖耸耸的，在蓝布衫后面顶着。还不像一个有二十岁的儿子的人。没有人议论过薛大娘好看还是不好看，但是她眉宇间有点英气，算得是个一丈青。

她的菜肥嫩水足。很快就卖完了。卖完了菜，在保全堂店堂里坐坐，从茶壶焖子里倒一杯热茶，跟药店的"同事"说说话。然后上街买点零碎东西，回家做饭。她和丈夫虽然分开过，但并未分灶，饭还在一处吃。

薛大娘有个"副业"，给青年男女拉关系——拉皮条。附近几条街上有一些"小莲子"——本地把年轻的女用人叫作"小莲子"。她们都是十六七，十七八，都是从农村来的。这些农村姑娘到了这个不大的县城里，就觉得这是花花世界。她们的衣装打扮变了。比如，上衣掐了腰，合身抱体，这在农村里是没有的。她们也学会了搽胭脂抹粉。连走路的样子都变了，走起来扭扭搭搭的。不少小莲子认了薛大娘当干妈。

街上有一些风流潇洒的年轻人，本地叫作"油儿"。这些"油儿"的眼睛总在小莲子身上转。有时跟在后面，自言自语，说一些调情的疯话："花开花谢年年有，人过青春不再来"；"易求无价宝，难得有情郎"。小莲子大都脸色矜持，不理他。跟的次数多了，不免从眼角瞟几眼，觉得这人还不讨厌，慢慢地就能说说话了。"油儿"问小莲子是哪个乡的人，多大了，家里还有谁。小莲子都小声回答了他。

"油儿"倒觉得小莲子对他有点意思了，就找到薛大娘，求她把小莲子弄到她家里来会会。薛大娘的三间屋就成了"台基"——本地把提供男女欢会的地方叫作"台基"。小莲子来了，薛大娘说："你们好好谈谈吧。"就把门带上，从外面反锁了。她到熟人家坐半天，有一搭无一搭地聊聊，估计时间差不多了才回来开锁推门。她问小莲子"好吗？"小莲子满脸通红，低了头，小声说"好"——"好，以后常来。不要叫主家发现，扯个谎，就说在街碰到了舅舅，陪他买了会东西"。

欢会一次，"油儿"总要丢下一点钱，给小莲子，也包括给大娘的酬谢。钱一般不递给小莲子手上，由大娘分配。钱多钱少，并无定例。但大体上有个"时价"。臭河边还有一处"台基",大娘姓苗。苗大娘是要开价的。有一次一个"油儿"找一个小莲子,苗大娘索价二元。她对这两块钱做了合理的分配,对小莲子说:"枕头五毛炕五毛,大娘五毛你五毛。"

薛大娘拉皮条,有人有议论。薛大娘说:"他们一个有情,一个愿意,我只是拉拉纤,这是积德的事,有什么不好?"

薛大娘每天到保全堂来,和保全堂上上下下都很熟。保全堂的东家有一点很特别,他的店里不用本地人,从上到下:管事(经理)、"同事"(本地把店员叫"同事")、"刀上"(切药的)乃至挑水做饭的,全都是淮安人。这些淮安人一年有一个月假期,轮流回去,做传宗接代的事,其余十一个月吃住都在店里。他们一年要打十一个月的光棍。谁什么时候回家,什么时候假满回店,薛大娘了如指掌。她对他们很同情,有心给他们拉拉纤,找两个干女儿和他们认识,但是办不到。这些"同事"全都是拉家带口,没有余钱可以做一点风流事。

保全堂调进一个新"管事"——老"管事"刘先生因病去世了,是从万全堂调过来的。保全堂、万全堂是一个东家。新"管事"姓吕，街上人都称之为吕先生，上了年纪的则称之为"吕三"——他行三，原是万全堂的"头柜"，因为人很志诚可靠，也精明能干，被东家看中，调过来了。按规矩，当了"管事"，就有"身股"，或称"人股"，算是股东之一，年底可以分红，因此"管事"都很用心尽职。

也是缘分，薛大娘看到吕三，打心里喜欢他。吕三已经是"管事"了，但岁数并不大，才三十多岁。这样年轻就当了管事的，少有。"管事"大都是"板板六十四"的老头，"同事"、学生意的"相公"都对"管事"有点害怕。吕先生可不是这样，和店里的"同仁"、来闲坐喝茶的街邻全都有说有笑，而且他说的话都很有趣。薛大娘爱听他说话，爱跟他说话，见了他就眉开眼笑。薛大娘对吕先生的喜爱毫不遮掩。她心里好像开了一朵花。

吕三也像药店的"同事""刀上"，每年回家一次，平常住在店里。他一个人住在后柜的单间里。后柜里除了现金、账簿，还有一些贵重的药：犀牛角、鹿茸、高丽参、藏红花……

吕先生离开万全堂到保全堂来了，他还是万全堂的老人，有时有事要和万全堂的"管事"老苏先生商量商量，请教请教。从保全堂到万全堂，要经过臭河边，经过薛大娘的家。有时他们就做伴一起走。

有一次，薛大娘到了家门口，对吕三说："你下午上我这儿来一趟。"

吕先生从万全堂办完事回来，到了薛家，薛大娘一把把他拉进了屋里。进了屋，薛大娘就解开上衣，随即把浑身衣服都脱了，对吕三说："来！"

她问吕三："快活吗？"——"快活。"——"那就弄吧，痛痛快快地弄！"薛大娘的儿子已经二十岁，但是她好像第一次真正做了女人。

好事不出门，坏事传千里，薛大娘和吕三的事渐渐被人察觉，议论纷纷。薛大娘的老姊妹劝她不要再"偷"吕三，说：

"你图个什么呢？"

"不图什么。我喜欢他。他一年打十一个月光棍，我让他快活快活——我也快活，这有什么不对？有什么不好？谁爱嚼舌头，让她们嚼去吧！"

薛大娘不爱穿鞋袜，除了下雪天，她都是赤脚穿草鞋，十个脚趾舒舒展展，无拘无束。她的脚总是洗得很干净。这是一双健康的，因而是很美的脚。

　　薛大娘身心都很健康。她的性格没有被扭曲、被压抑。舒舒展展，无拘无束。这是一个彻底解放的，自由的人。

小 孃 孃

来蜨园谢家是邑中书香门第，诗礼名家，几代都中过进士。谢家好治园林。乾嘉之世，是谢家鼎盛时期，盖了一座很大的园子。流觞曲水，太湖石假山，冰花小径两边的书带草，至今犹在。当花园落成时正值百花盛开，飞来很多蝴蝶，成群成阵，蔚为奇观，即名之为来蜨园。一时题咏甚多，大都离不开庄周，这也是很自然的。园中花木，后来海棠丁香，都已枯死，只有几棵很大的桂花，还很健壮，每到八月，香闻园外。原来有几个花匠，都已相继离散，只有一个老花匠一直还留了下来。他是个聋子，姓陈，大家都叫他陈聋子。他白天睡觉，夜晚守更。每天日落，他各处巡视一回（来蜻园任人游览，但除非与主人商量，不能留宿夜饮），把园门锁上，偌大一个园子便都交给清风明月，听不到一点声音。

谢家人丁不旺，几代单传，又都短寿。谢普天是唯一可以继承香火的胤孙。他还有个姑妈谢淑媛，是嫡亲的，比谢普天小三岁。这地方叫姑妈为"嬢嬢"，谢普天叫谢淑媛为"嬢嬢"或"小嬢"。小嬢长得很漂亮。

谢普天相貌英俊，也很聪明。他热爱艺术，曾在上海美专学过画——国画和油画，素描功底扎实，也学过雕塑。不到毕业，就停学回乡，在中学教美术课。因为谢家接连办了好几次丧事，内囊已空，只剩下一个空大架子，他得维持这个空有流觞曲沼、湖石假山的有名的"谢家花园"（本地人只称"来蜻园"为"谢家花园"，很多人也不认识"蜻"字），供应三个人吃饭，包括陈聋子。陈聋子恋旧，不计较工钱，但饭总得让人家吃饱。停学回乡，这在谢普天是一种牺牲。

谢普天和谢淑媛都住在"祖堂屋"。"祖堂屋"是一座很大的五间大厅，正面大案上列供谢家祖先的牌位，别无陈设，显得空荡荡的。谢普天、谢淑媛各住一间卧室，房门对房门。谢普天对小嬢照顾得很体贴细致。谢家生计，虽然拮据，但谢普天不让小嬢受委屈，在衣着穿戴上不使小孃在同学面前显得寒碜。夏天，香云纱旗袍；冬天，软缎面丝绵袄、西装呢裤、白羊绒围巾。那几年兴一种叫作"童花头"的发式（前面留出长刘海，两边遮住耳朵，后面削薄修平，因为样子像儿童，故名"童花头"），都是谢普天给她修剪，比理发店修剪得还要"登样"。谢普天是学美术的，手很巧，剪个"童花头"还在话下吗？谢淑媛皮肤细嫩，每年都要长冻疮。谢普天给小孃用双氧水轻轻地浸润了冻疮痂巴，轻轻地脱下袜子，轻轻地用双氧水给她擦洗，拭净。"疼吗？"——"不疼。你的手真轻！"

单靠中学的薪水不够用，谢普天想出另一种生财之道——画炭精粉肖像。一个铜制高脚放大镜，镜面有经纬刻度，放在照片上；一张整张的重磅画纸上也用长米达尺绘出经纬度，用铅笔描出轮廓，然后用剪齐胶固的羊毫笔蘸了炭精粉，对照原照，反复擦蹭。谢普天解嘲自笑："这是艺术吗？"但是有的人家喜欢这样的炭精粉画的肖像，因为"很像"！本地有几个画这样肖像的"画家"，而以谢普天生意最好，因为同是炭精像，谢普天能画出眼神、脸上的肌肉和衣服的质感，那年头时兴银灰色的"宁缎"，叫作"慕本缎"。

为了赶期交"货"，谢普天每天工作到很晚，在煤油灯下聚精会神地一笔一笔擦蹭。小孃坐在旁边做针线，或看小说——无非是《红楼梦》、《花月痕》、苏曼殊的《断鸿零雁记》之类的言情小说。到十二点，小孃才回房睡觉，临走说一声："别太晚了！"

一天夜里大雷雨，疾风暴雨，声振屋瓦。小孃神色慌张，推开普天的房门：

"我怕！"

"怕？——那你在我这儿待会。"

"我不回去。"

"……"

"你跟我睡！"

"那使不得！"

"使得！使得！"

谢淑媛已经脱了衣裳，噗的一声把灯吹熄了。

雨还在下。一个一个蓝色的闪把屋里照亮，一切都照得很清楚。炸雷不断，好像要把天和地劈碎。

他们陷入无法解决的矛盾之中。他们在做爱时觉得很快乐，但是忽然又觉得很痛苦。他们很轻松，又很沉重。他们无法摆脱犯罪感。谢淑媛从小娇惯，做什么都很任性，她不像谢普天整天心烦意乱。她在无法排解时就说："活该！"但有时又想：死了算了！

每年清明节谢家要上坟。谢家的祖茔在东乡，来螓园在城西，从谢家花园到祖坟，要经过一条东大街。谢淑媛是很喜欢上坟的。街上店铺很多，可以东张西望。小风吹着，全身舒服。从去年起，她不愿走东大街了。她叫陈聋子挑了放祭品的圆笼自己从东大街先走，她和普天从来螓园后门出来，绕过大淖、泰山庙，再走河岸上向东。她不愿走东大街，因为走东大街要经过居家灯笼店。

居家姊妹三个，都是疯子。大姐好一点，有点像个正常人，她照料灯笼店，照料一家人吃饭——一日三餐，两粥一饭。糙米饭、青菜汤。疯得最厉害的是兄弟。他什么也不做，一早起来就唱，坐在柜台里，穿了靛蓝染的大襟短褂。不知道他唱的是什么，只听到沙哑沉闷的声音（本地叫这种很不悦耳的声音为"呆声绕气"）。他哪有这么多唱的，一天唱到晚！妹妹总坐在柜台的一头糊灯笼，脸上带着一种奇怪的微笑。姐妹二人都和兄弟通奸。疯兄弟每天轮流和她们睡，不跟他睡他就闹。居家灯笼店的事情街上人都知道，谢淑媛也知道。她觉得"硌硬"。

隔墙有耳，谢家的事外间渐有传闻。街谈巷议，觉得岂有此理。有一天大早，谢普天在来螓园后门不显眼处发现一张没头帖子：

> 管什么大姑妈小姑妈，
> 你只管花恋蝶蝶恋花，
> 满城风雨人闲话，
> 谁怕！
> 倒不如海走天涯，
> 赤条条来去无牵挂，
> 倒大来潇洒。

谢普天估计得出，这是谁写的——本县会写散曲的再没别人，最后两句是一种善意的规劝。

他和小孃孃商量了一下：走！离开这座县城，走得远远的！他的一个上海美专的同学顾山是云南人，他写信去说，想到云南来。顾山回信说欢迎他来，昆明气候好，物价也便宜，他会给他帮助。把一块祖传的大蕉叶白端砚，一箱字画卖给了季匋民，攒了路费，他们就上路了。计划经上海、香港，从海防坐滇越铁路火车到昆明。

谢淑媛没有见过海，没有坐过海船，她很兴奋，很活泼，走上甲板，靠着船舷，说说笑笑，指指点点，显得没有一点心事，说："我这辈子值得了！"

谢普天经顾山介绍，在武成路租了一间画室。他画了不少工笔重彩的山水、人物、花卉，有人欣赏，卖出了一些，但是最受欢迎的还是炭精肖像，供不应求。昆明果然是四季如春，鸡枞、干巴菌、牛肝菌、青头菌都非常好吃，谢淑媛高兴极了。他们游览了很多地方：石林、阳中海、西山、金殿、黑龙潭、大理，一直到玉龙雪山。读万卷书，行万里路，谢普天的画大有进步。他画了一些裸体人像，谢淑媛给他当模特。画完了，谢淑媛仔仔细细看了，说："这是我吗？我这么好看？"谢普天抱着小嬢周身吻了个遍，"不要让别人看！"——"当然！"

谢淑媛变得沉默起来，一天说不了几句话。谢普天问："你怎么啦？"——"我有啦！"谢普天先是一愣，接着说："也好嘛。"——"还好哩！"

谢淑媛老是做噩梦。梦见母亲打她，打她的全身，打她的脸；梦见她生了一个怪胎，样子很可怕；梦见她从玉龙雪山失足掉了下来，一直掉，半天也不到地……每次都是大叫醒来。

谢淑媛的肚子一天比一天大，已经显形了。她抚摸着膨大的小腹，说："我作的孽！我作的孽！报应！

报应！"

谢淑媛死了。死于难产血崩。

谢普天把给小孃画的裸体肖像交给顾山保存，拜托他十年后找个出版社出版。顾山看了，说："真美！"

谢普天把小孃的骨灰装在手制的瓷瓶里带回家乡，在来蜨园选一棵桂花，把骨灰埋在桂花下面的土里，埋得很深，很深。

谢普天和陈聋子（他还活着）告别，飘然而去，不知所终。

小 姨 娘

小姨娘章叔芳是我的继母的异母妹妹。她比我才大两岁。我们是同学，在同一所初中读书。她比我高一班。她读初三，我读初二。那年她十六岁，我十四。但是在家里我还是叫她小姨娘。

章家是乡下财主。他们原来在章家庄住。章家庄是一个很大的庄子。庄里有好几户靠田产致富的财主，章家在庄里是首户。后来外公在城里南门盖了一所房子，就搬到城里来了。章老头脾气很"类"，除了几家至亲（也都是他那样的乡下财主），跟谁也不来往。他和城里的上代做过官，有功名的世家绅士不通庆吊。他说："我不巴结他们！"地方上有关公益的事情，修桥铺路、施药、开粥厂……他一毛不拔，不出一个钱。因此得了一个外号："章臭屎"。

章家的房子很朴实，没有什么亭台楼阁，但是很轩敞豁亮。砖瓦木料都是全新的。外公奉行朱柏庐治家格言："黎明即起，洒扫庭院，要内外整洁"。他虽然不亲自洒扫，但要督促用人。他的大厅上的箩底方砖上连一根草屑也没有。桌椅只是红木的（不是"海梅"、紫檀），但是每天抹拭，定期搽核桃油，光可鉴人。榫头稍有活动，立刻雇工修理。

章家没有花园，却有一座桑园，种的都是湖桑。又不养蚕，种那么多桑树干什么？大厅前面天井里的石条上却摆了十几盆橙子。橙子在我们那不多见。橙子结得很好，下雪天还黄澄澄的挂在枝头，叶子不落，碧绿的。

章家家规很严，我从来没有见过外公笑过。他们家的都不会喝酒。老头子生日、姑奶奶归宁，逢年过节，摆席请客，给客人预备高粱酒——其实只有我父亲一个人喝，他们自己家的人只喝糯米做的甜酒。席上没有人划拳碰杯，宴后也没有人撒酒疯。家里不许赌钱。过年准许赌五天，但也限于掷骰子赶老羊，不许打麻将，更不许推牌九。在这个家里听不到有人大声说笑，说话声音都很低，整天都是静悄悄的。

章家人都很爱干净，勤理发，勤洗澡，勤换衣裳，什么时候都是精神饱满，容光焕发。章家的人都长得很漂亮。二舅舅、三舅舅都可称为美男子。章老头只是一张圆圆的脸，身体很健壮，外婆也不见得太好看，生的儿女却都那么出众，有点奇怪。

我们初中有两个公认为最好看的女生。一个是胡增淑，一个是章叔芳。胡增淑长得很性感，她走路爱眯着眼，扭腰，袅袅婷婷，真是"烟视媚行"。她深知自己长得好看，从镜子面前经过，反光的玻璃面前，总要放慢脚步，看看自己。章叔芳和胡增淑是两种类型。她长得很挺直，头发剪得短短的，有点像男孩子。眼睛很大，很黑，闪烁有光。她听人说话都是平视。有时眨两下眼睛，表示"哦，是这样！"或"是吗？是这样吗？"她眉宇间有一股英气，甚至流露一点野性，但不细看是看不出来的，她给人的印象还是很文静，很秀雅的。

她不知为什么会爱上了宗毓琳。

宗毓琳和他的弟弟宗毓珂都和我同班。宗家原是这个县的人，宗毓琳的父亲后来到了上海，在法租界巡捕房当了"包打听"——低级的侦探。包打听都在青红帮，否则怎么在上海混？不知道为什么宗家要把两个儿子送回家乡来读初中？可能是为了可以省一点费用。

和章叔芳同班有一个同学叫王霈。王霈的父亲是个吟诗写字的名士，他盖的房子很雅致。进门是一个大花园，有一片竹子。王霈的父亲在竹丛当中盖了一个方厅——四方的厅，像一个有门有窗的大亭子。这本是王诗人宴客听雨的地方。近年诗人老去，雅兴渐减，就把方厅锁了起来，空着。宗家经人介绍，把方厅租了下来，宗家兄弟就住在方厅里。

宗家兄弟也只是初中生，不见得有特别处。他们是在上海长大的，说话有一点上海口音，但还是本地话，因为这位包打听的家里说的还是江北话。他们的言谈举止有点上海的洋气，不像本地学生那样土。衣着倒也是布料的，但是因为是宁波裁缝做的，式样较新。颜色也不只是竹布的、蓝布的，而是糙米色的、铁灰色的。宗毓珂的乒乓球打得很好，是全校的绝对冠军。宗毓琳会写散文小说，模仿谢冰心、朱自清、张资平、郁达夫。这在我们那个初中里倒是从来没有的。我们只会写"作文"。我们的初中有一个《初中壁报》，是学生自治会办的。每期的壁报刊头都是我画的。《壁报》是这个初中的才子的园地，大家都要看的。宗毓琳每期都在《壁报》上发表作品（抄在稿纸上，贴在一块黑板上）。宗毓琳中等身材，相貌并不太出众，有点卷发，涂了"司丹康"，显得颇为英俊。

小姨娘就为这些爱了他？

小姨娘第一次到宗毓琳住的方厅，是为了去借书——宗毓琳有不少"新文学"的书。是由小舅舅章鹤鸣陪着去的。章鹤鸣和我同班、同岁。

第二次，是去还书。这天她和宗毓琳就发生了关系。章叔芳主动，她两下就脱了浑身衣服。两人都没有任何经验。他们的那点知识都是从《西厢记·佳期》《红楼梦·贾宝玉初试云雨情》得来的。初试云雨，紧张慌乱。宗毓琳不停地发抖，浑身出汗。倒是章叔芳因为比宗毓琳大一岁，懂事较早，使宗毓琳渐渐安定，才能成事。从此以后，章叔芳三天两头就去宗毓琳住的方厅。少男少女，情色相当，哼哼唧唧，美妙非常。他们在屋里欢会的时候，章鹤鸣和宗毓珂就在竹丛中下象棋，给他们望风。他们的事有些同学知道了。因为王霈的同学常到王霈家去玩，怎么能会看不出蛛丝马迹？同学们见章鹤鸣和宗毓珂在外面下象棋，就知道章叔芳和宗毓琳在里面"画地图"——他们做了"坏事"，总会在被单上留下斑渍的。

没有不透风的墙。小姨娘的事终于传到外公的耳朵里。王霈的未婚妻童苓湘和章叔芳同班。童苓湘是我的大舅妈的表妹。童苓湘把章叔芳的事和表姐谈了。大舅妈不敢不告诉婆婆。外婆不敢不告诉外公。外公听了，暴跳如雷。他先把小舅舅鹤鸣叫来，着着实实打了二十界方，小舅舅什么都说了。

外公把小姨娘揪着耳朵拉到大厅上，叫她罚跪。

伤风败俗，丢人现眼……！

才十六岁……！

一个"包打听"的儿子……！

章老头抓起一个祖传的霁红大胆瓶，叭嚓一下，摔得粉碎。

全家上下，鸦雀无声。大舅舅的小女儿三三也都吓得趴在大舅妈的怀里不敢动。

小姨娘直挺挺地跪在大厅里，不哭，不流一滴眼泪，眼睛很黑，很大。

跪了一个多小时。

后来是二嫂子——我的二舅妈拉她起来，扶她到她的屋里。

二舅妈是丹阳人。丹阳是介乎江南和江北之间的地方。她是在上海商业专科学校和二舅舅恋爱，结了婚到本县来的。——我的外公对儿子的前途有他的独特的设想，不叫他们上大学，二舅、三舅都是读的商专。二舅妈是一个典型的古典美人，瓜子脸、一双凤眼，肩削而腰细。她因为和二舅舅热恋，不顾一切，离乡背井，嫁到一个苏北小县的地主家庭来，真是要有一点勇气。她嫁过来已经一年多，但是全家都还把她当作新娘子，当作客人，对她很客气。但是她很寂寞。她在本县没有亲戚，没有同学，也没有朋友，而且和章家人语言上也有隔阂，没有什么可以说说话的人。丈夫——我的二舅舅在县银行工作，早出晚归。只有二舅舅回来，她才有说有笑（他们说的是掺杂了上海话、丹阳话和本地话的混合语言）。二舅舅上班，二舅妈就只有看看小说，写写小字——临《灵飞经》。她爱吹箫，但是在这个空气严肃的家庭里——整天静悄悄的，吹箫，似乎不大合适，她带来的一支从小吹惯的玉屏洞箫，就一直挂在壁上。她是寂寞的。但是这种寂寞又似乎是她所喜欢的。有时章叔芳到她屋里来，陪她谈谈。姑嫂二人，推心置腹，无话不谈。她是自由恋爱结婚的，对小姑子的行为是同情的，理解的，虽然也觉得她太年轻，过于任性。

二嫂子为什么敢于把章叔芳拉起来，扶到自己屋里？因为她知道公爹奈何不得，他不能冲到儿媳妇的屋里去。

章老头在外面跳脚大骂：

"你给我滚出去！滚！敢回来，我打断你的腿！"

老头气得搬了一把竹椅在桑园里一个人坐着，晚饭也不吃。

章叔芳拿了几件衣裳，打了个包袱往外走。外婆塞给她一包她攒下的私房钱，二舅妈把手上戴的一对金镯子抹下来给了她。全家送她。她给妈磕了一个头，对全家大小深深地鞠了三个躬，开了大门。门外已经雇好了一辆黄包车等着，她一脚跨上车，头也不回，走了。

第二天她和宗毓琳就买了船票，回上海。

到上海后给二嫂子来过一封信，以后就再没有消息。

初中的女同学都说章叔芳很大胆，很倔强，很浪漫主义。

过了两年，章老头生病死了——亲戚们议论，说是叫章叔芳气死的，二哥写信叫她回来看看，说妈很想她。

她回来了，抱着一个孩子。

她对着父亲的灵柩磕了三个头。没哭。

她在娘家住了三个月，住的还是她以前住的房，睡的是她以前睡的床。

我再看见她时她抱了个一岁多的孩子在大厅里打麻将。章老头死后，章家开始打麻将了。二哥、大嫂子，还有一个表婶。她胖了。人还是很漂亮。穿得很时髦，但是有点俗气。看她抱着孩子很熟练地摸牌，很灵巧地把牌打出去，完全像一个包打听人家的媳妇。她的大胆、倔强、浪漫主义全都没有一点影子了。

　　章家人很精明，他们在新四军快要解放我们家乡的前一年，把全部田产都卖了，全家到南洋去做了生意。因此他们人没有受罪，家产没有损失。听说在南洋很发财。二舅舅、三舅舅都是学的商业专科学校，懂得做生意。

　　他们是否把章叔芳也接到南洋去了呢？没听说。

　　胡增淑后来在南京读了师范，嫁了一个飞行员。飞行员摔死了，她成了寡妇。有同学在重庆见到她，打扮得花枝招展，还挺媚。后来不知怎么样了。

一九九三年七月九日

水 蛇 腰

崔兰是个水蛇腰。腰细，长，软。走起路来扭扭的。很多人爱看她走路。路上行人，尤其是那些男教员。看过来，看过去，眼睛很馋。崔兰并不知道有人看她。她只是自自然然地走。崔兰还小，才读小学五年级。虽然发育得比较快，对于许多事还只有点蒙蒙的感觉，并不大懂。她不知道卖弄风情，逗引男人。

崔兰结婚早。未免过早一点。高小毕业就结婚了。在这所六年级制的小学里，也许她是结婚最早的一个。嫁的是朱家。朱家的少爷。朱家是很阔的人家，开面粉厂。这个地方把面粉叫作"洋面"，这个面粉厂叫"洋面厂"。崔兰嫁的是洋面厂的小老板。崔兰怎么会嫁到朱家去的呢？

崔兰的父亲是洋面厂的账房先生，崔兰常给她父亲到洋面厂去送饭（崔兰的母亲死得早，家里许多事得她管），朱家的少爷一眼看上了崔兰，托人说媒，非崔兰不要。崔兰的父亲自然没有意见，崔兰只说了两句话："我还小哩。……他们家太阔了！"事情就定了。

结婚三朝，正是阴历七月十五，"迎会"（赛城隍）的日子。这个地方每年七月十五"出会"。近晌午时把城隍老爷的"大驾"从庙里请出来，在主要街道上"巡"一"巡"，到"行宫"里休息，下午再"回銮"。这是一年里最隆重而热闹的日子。大锣大鼓，丝竹齐奏。踩高跷，舞狮子，舞龙，舞"大头和尚"（月明和尚度柳翠）。高跷有"火烧向大人"（向大人即清末征太平天国的名将向荣）。柳枝腔"小上坟"，贾大老爷用一个夜壶喝酒……茶担子，花担子，倾城出动，鞭花訇鸣。各种果品，各种鲜花，填街咽巷，吟叫百端……

朱家的少爷带着新娘子去"看会"，手拉手。从挡军楼（洋面厂的所在）一直走到中市口（全城最繁华处）。新婚夫妻，在大街上，那样亲热，在那么多人面前手搀手地走，很多"老古板"看不惯。

他们的衣装打扮也是这城里的没有见过的。朱家少爷穿了一件月白香云纱长衫，上面却罩了一个掐了玫瑰红韭菜叶边的黑缎子小马甲。马甲掐边，还是玫瑰红的，男不男，女不女！

崔兰穿的是一件大红嵌金线乔其纱旗袍，脚下是一双麂皮软底便鞋，很显脚形——崔兰的脚很好看。长丝袜。新烫的头发（特为到上海烫的），鬓边插一朵小小的珍珠偏凤。脸上涂了夏士莲香粉蜜，旁氏口红，描眉画眼，风姿绰约，光彩照人。

朱家少爷和崔兰坐在王万丰（这是中市口一家大酱园）楼上靠栏杆一张小方桌前的藤椅（这是特为给上宾留的特座）上看会，喝茶，嗑瓜子。楼下的往来人议论纷纷，七嘴八舌。有男的，也有女的。有荤的也有素的。有的人说出了声（小声），有的只是自己在心里想。

——崔兰这双丝袜得多少线？

——反正你我买不起！

——她的旗袍开气未免太高了，又坐在栏杆旁边，从下面看什么都看见了！

——她穿了裤子没有？

——她晚上上床，一定很会扭，扭得很好看。

——你怎会知道？

——想当然耳，想当然耳！

——闭上你们这些男人的臭嘴！

一夜之间，崔兰从一个毛丫头变成了一个少奶奶，不知道为什么，很多人为此很不平。一句话在很多人的嘴里和心里盘桓：

"这可真是糠箩跳米箩了！"

一九九五年四月八日

悒　郁

秋天生长在淡淡的稻花香里，成熟于戟指的稻芒上。秋天总不免有些悒郁，成熟的稻穗也低垂了头！

时近黄昏，夕阳在西天烧起篝火，地面一切都薄薄地镀了一层金。在卷发似的常青树梢上勾勒起一道金边，蓬松松的，静静的。

银子像是刚醒来，醒在重露的四更的枕上，飘飘的有点异样的安适，然而又似有点失悔，失悔蓦然丢舍了那些未圆的梦；什么梦？没有的，只不过是些不可捕捉的迷离的幻想影子罢了。一个生物成熟的征象。

——青青的远树后冉冉的暮霭。

银子漫不经心地走着，沿着恬静的溪流，轻轻地叫唤着自己名字：

"银子，银子，……痴丫头！要真是宝贝，为什么你娘不叫你做金子？"

她心里藏着一点秘密的喜悦，不愿意给人知道。并且像连自己都不给知道似的，一涡浅笑镶上她的脸。

她走着，眼睛跟着自己的脚尖。这脚尖，小小的，可以把她带得多远！究竟能走多远？她想问问自己，但是她不愿意自己回答，默默地，她又笑了。说了她怕人知道，也怕自己知道。还不是走到——那个坪里！

脚下是带绿的浅草，有的也已经红了心，茸茸的，被西风剪得平齐，朝露洗得很干净。

她很耐心地寻找，看看有没有马齿咬过的印子。仿佛觉得有一匹浑身柔润如天鹅绒的长脚俊物，嚼着草，踢着前蹄，悠然拂着修齐的尾巴。马在哪儿呢？她乐意有那么一匹马。

陌头躺着一头倦乌的牛，她心里想：笨东西，我不欢喜看见你啰，你太笨，太懒，太……让你早上自己走出来，晚上再自己走进栏里去，甚至还想拾一块青鹅卵石扎它一下，因为牛角上正栖了两只八哥儿，那么从容自在，那么得意，竟想甜甜地做一个梦。但是她没有这么做。这草里一坦平，不会有石卵儿。也许有吧，可是她不再找了，多费事。

草坪四近都没有人影，洗净了泥腿的人早给高挑的酒旗儿招去了。咦，连马号的声音都不听见，世界这样清静，究竟是什么意思？

这已经出了庄了，银子左手在前，勒住缰辔，右手在后，抓住鞭儿，嘴里一声"哈—嘟"马来了，得得得……一气跑了不知多远。她停住了。唉，不像！怎么两脚总不腾空？

马累了后得息息，饮点水，于是她大步走下土坡，坐到最下一级，今儿这坡忽然像是嫌宽了些。比往常宽，也比往常静。

河水清极。水里一处有两只黑晶晶的大眼睛，怔怔地对着她。

嗨，这胸前为什么起伏得这么剧，跳什么？春天的花过去了，夏天的云过去了，秋天的一把白了头的狗尾草在风中摇，谁家葡萄园不采摘葡萄酿酒？无意又似有意的，她的手触到自己的胸脯边，忽然无端地红起脸来。心子飞到什么天上去？人都说有三十三重天！飞去了怎么回来，多远的路！

——嗯，银子，很害羞地往坡上草里一伏。

"吓，吓，"一只青桩儿飞过去了，它笑银子。有什么可笑的？银子知道。

银子回去了，她听得妈妈叫"银子，银子——回—来—啵！"的声音，渐渐归去了，妈也晓得银子一定会听见的，她只是不答应罢了。其实她正心中想到好笑：一天银子银子地叫，应当发一百万财！可是一个金戒指还换掉了。

隔山有人吹着芦管，把声音拉长，把人的心也好像拉长了，她痴了一会儿，很想唱唱歌，就曼曼地唱着：

第一香橼第二莲，
第三槟榔个个圆，
第四芙蓉五桂子，
送郎都要得郎怜。

好像又有谁在接口唱：

天上起云云重云，

地下埋坟坟重坟，

娇妹洗碗碗重碗，

娇妹床上人重人。

"狗嘴里说人话，不像人。"

门外场上被风儿扫得平平的，除了一两片落叶掠过留下的线条外，只有几个脚印，那是妈妈的，银铃儿将撷来一把狗尾草，不高兴似的恨恨地一撒。她高兴？她怎么不高兴？快吃饭了。

饭已经摆到矮桌上，爸爸喝着一小杯酒，银子呆呆地注视着爸喝一口酒，吮一吮胡子。她不说一句话，像是拿不动筷子。

"银子成人了。"爸跟妈看看，默默地笑笑。妈微攒一攒眉。若在往常，她非得往爸爸怀里一扑，问他"笑些什么"不可。但是今天她不想问。她心里想："你们笑我，不回来了，明儿！我会跑，跑到远远的天边，看妈再会不会叫'银子——回—来—啵！'银子一走，你们找金子去。"

突然，她把筷子往下一放，飞奔着跑出门外去了。

外面的天宽宽的，罩着大地，地面一切都在成熟。

得得得……明明听见的唔？

银子向林子里跑去，今天好像什么都欺负她。她要去林子里哭一会儿。她要看看那匹马。

二十九年十一月二十一日草稿

春 天

　　" 故乡依旧有春天，杨柳又抽芽了，这一点生机是寂灭不了的。"

　　我慢慢地，有点迟疑，（谁知道这点迟疑如何生长的，）把一叠信纸投入拆开的信封里。

　　"——又是春天来了——春天。"遮住我的记忆的是一片明净的蓝色，是故乡的天，真的，我走过多少地方了，总觉得别的地方的天比不上故乡，也许有比故乡更蓝的天吧，然而蓝得不跟故乡一样。还有呢，那是许多得意的散落在蓝天里的风筝，带着一种轻柔，静静的。

　　可不是春天了么：衣裳似更轻些，更暖些了。坐在太阳里，一闭眼，（很自然地闭上眼了，）一些带有奇异彩色的碎片便在倏忽变化的衬景上翻腾起来。——你没有这个经验吗？我希望你试一试，在太阳里闭上眼睛，你就会明白我的话了，我决不弄什么玄虚。而这些碎片，又幻出些黑而大的眼睛，晶晶发光，依旧在翻腾，使我有点昏晕了，不成，睁开了眼，更晕得厉害，怎么办呢？

我不是告诉过你许多次了吗，我的童年是不寂寞的？

许是在一个春假里罢，（不是春假也就算春假，何必顶真，春假是不是所有假期里最好的一个，你说？）我们两个，玉哥儿和我——

"你是谁？"

"——嗯，别打岔，你听我说下去。好，我那时叫春哥儿。告诉你，又要不离口地叫了，还当着人。"

我们在梨树下用木板替白兔造一个新窠，它在我们身旁安闲地吃着菜叶。忽然我停住了，看看自己的手。

"怎么了，是不是，木刺戳了？"

他把我的手拿起来看看，到香橼树上折到一根荆针，一挑，又对着吹吹气，虽然很疼，可是倒挑出来了。随着望一望那歪歪斜斜的未完成的建筑，啪的一脚踢倒了。我不觉得可惜，反而有点复了仇的快意。

"弄不好，还让它住住旧房子，等生了小兔子请伯伯给我们再做一个新的。走，我们上老败家那儿去。"

"胡说！上王大爹那儿去，你说老败家，教英子听见要生气。"

"老败家"就是王大爹。我们的姑姑说起他来总是预先摆下一副鄙夷的眉眼，"老败家"这名字也是她们给取的。说是他祖上很有钱，还做过大官，父亲也还好，到他手里，把家业糊里糊涂地就花光了。老了，还是不治生业。她们说起来还愤愤地，好像人家败去的是她们自己的家业似的。

哼，老败家？多刻薄的嘴！王大爹又不抽大烟，像大姑夫，又不成天赌钱，像二姑父，就算王大爹少年时候不正经吧，我想他也不会像三姑夫，把日子都耗在堂子里，说人家不会过日子，你们好，表弟要钱买丁丁糖，每回都挨一顿好骂，钱就是命，只恨钱没有眼，要有眼，你们早钻进去了，（我也不知道这是什么意思，妈这样说过。）至少，至少，你们就修不到英子那样标致的女儿。

玉哥儿也学着说，说王大爹是败家子，我真想不理他了，我想替他告诉英子，不——回头英子要是哭了呢，——还是不告诉的好，她一哭就是老半天，把眼睛哭红了，王大爹会说我们欺负了她，而且，我想玉哥儿也是偶尔说一两回，他难道不爱王大爹吗？

上王大爹那儿去，好，我眨眨眼，把手上灰土拍去一些。（我倒不怕别人笑话。只是因为英子非常爱干净，王大爹也看不下孩子们污黑的手，回头他会打水给你洗，还用胰子擦了半天才放手）我说：

"走。"

王大爹正在铺子里。

这铺子是一个钱庄的旧址。从前也是王大爹开的。后来改开过酱坊，杂货铺，现在只卖一点香烟洋火，有时候，有人拿一点古玩字画来寄卖，（那是因为别人说王大爹眼睛好，什么东西到他手里，都会订出个恰当的价钱，对于鉴赏书画，尤为精到。）铺面大，货物少，显得非常空阔，但空阔的地方又常被孩子们的欢笑填满，没有一点凄凉的意味，虽然椽子都黑了。柜台外面，被称为店堂的地方，太阳里睡着一只玳瑁猫，一条哈巴狗，哈巴狗正舔着玳瑁猫的颈毛。

王大爹在做什么呢？他用一只架戥，在称着鸡毛的分量，聚精会神地觑着戥杆子轻微的上下。（那鸡毛是用来做蜈蚣的脚的，必须两边一样轻重放上天才稳，这，说也说不明白，顶好你去见识见识蜈蚣风筝就知道了。）一面不时拈一颗花生米做成的丸子，随手抛给架上的鹦鹉，虽然他眼睛看着戥子，但鹦鹉很准确地用红色的大嘴接了过去，每吃一颗，把嘴在架子上磨磨，振一振翅子。同时他嘴里还唧唧啾啾声地逗画眉叫，我觉得他的声音好像比画眉更好听些，因为画眉是跟他学的。

他一扭头，看见两条影子映在店堂里，便高声说："英子，别弄什么宝宝人儿了，快出来。你的朋友来了，也不招待招待人家。"

英子由那个挂着"聚珍"的扇匾的套房奔奔跳跳地出来，手里拿着根针，我想，刚刚手上的刺要是她给我挑，一定不疼。

"喂，我昨天看见王老师了，她让我们三个人明天到她家去玩去——喂，我昨天去上妈的坟去，蚕豆都开了花，紫微微的，还有一种花，乡下人叫作癞痢梳子，白的，还有几点红，跟你去年头上那块癣一样，哈哈。"

我真怕人提起我那块癣，尤其怕英子说，可是她专门借故提起，我脸又红了。

"不作兴，不作兴。嗯，一毛六——短二个铜板？没关系，没关系，"王大爹把一包香烟交给一个人。"春哥儿，你爸爸曾问我要黄雀，我这儿又下了一窠，有一个凤头，一个龙爪，毛色很好，回头你给带了回去。"

"嗯。"我答应着，眼睛却望在墙上。

"你们待在这儿干什么呢？看着猫儿的眼睛，该有两点多钟了吧，去放风筝吧，就拿这'四老爷打面缸'去，明儿等这蜈蚣糊好了，我跟你们一块去。"说着他给我们取下那名叫"四老爷打面缸"的风筝。"英子，线在第二个抽屉里，你跟他们一块去玩玩，不要再给宝宝做衣裳了，看把手指头戳破了。"

"回头我给你们煮桂花山芋吃。——春哥儿，跟你爸说，说我问他要点枫叶芦花的枝儿，枫——叶——芦——花——记住呀。"

我们接了风筝，头也不回，一直跑向"学田"里。玉哥儿拿着线槌子、风筝，我跟英子挽着手走在后头。

"春哥儿，我爸爸要你做他的儿子呢，你愿意吗？"

"好，我爸也要你做他的女儿呢，你答应做我爸的女儿，我就给你爸做儿子。"

到"学田"了。遍野都绿透了，把河水映得红艳艳的，风吹到我们的身上，我觉得自己在长大。

"我放，你撮，英子，你在那边杨柳树下等着我们。"玉哥儿分排着。

<u>丝</u>，<u>丝</u>，<u>丝</u>，线槌子放开了，拖了几丈长。

"就那个，嗳，你站到那个坟顶上，那个，那个顶高的，举起来，举起来哟！"

"嗷，一，二，三——我松了。跑，玉哥儿，跑，快跑啊。”

“呕——”风筝摇摇摆摆地升到天心里去了，我拍手大叫，英子远远地也拍手大叫。

天空飘着无数风筝，可是都没有我们的好看，所有放风筝的人，也没有我们快活。

田塍上开了许多淡黄的花，那颜色跟爸爸的那种蜜色的月季花一样好，我采了不少，结成一个花球，想送给英子，结成了，便跑向了玉哥儿那边去。

“往上攒了，高，高，你把我拿一下，可以不可以？”我说。

“不行，劲太大。”

“给我拿一下。”

“不行，不行，你看，肚子都没有，线一直上去，你不能拿，不要把风筝走了。”

“给我拿一下！”我一边说，一边要去夺绕线的杆子。

“不行！”他用右手把我一推，我脚底下没有站得稳，跌了一个元宝翘，他反而哈哈地笑起来，我气极，他看不起我，地上抓一个砖头就掷过去，正丢在他腿上。

一场争斗开始了，我们连野话都骂了出来。

“喂，喂，怎么回事？打起来了！”英子由那边跑了过来。

我们一有纠纷，大概都是英子来解决，大家对于她的话总是听从的，谁教她是女孩子呢。

"他用砖头扎了我，你看这块斑。"果然一大块青斑，英子看看那斑，又看看我。

"你先打我的。"

"……"

"……"

英子说："他先打你，你就打人了？"

"当然，谁打我也不依他！"我理直气壮。

"真的？"英子一伸手，拍，一掌打在我的脸上，"我打你，看你打我不？"

"哈哈哈"她和玉哥儿全笑了，玉哥儿尤其得意。

我当然不能打她，可是鼻子一酸，好，你向着他！我两颗眼泪在眼眶里转了，不愿让她看见，一转身拔腿便跑，把刚才结的花球狠狠地一丢说：

"玉哥儿好，他还说你爹是老败家呢。"

一阵风把我的话吹散了，我头也不回，什么也不管。

"之后？"

后来，后来——

我一手捏着张照片，心不在焉地在信封上画成一个人脸，大大的眼睛，两条辫子，又斜斜地写上一行字：

"春风吹又生。"

——也是有大大的眼睛的，大大的，也黑黑的，不梳辫子，有个酒窝哩！我一回头，"怎么啦，瞪瞪的，一句话也不说。"

"这，——哈，你小时候不许有要好的男朋友吗？长大了，又能不怀念吗？"

"呸，我才不管你的事哩。"

"可是你的眼睛瞒不过我。好，你听我念：

　　　　我们很好，英子已经喜欢吃酸东西了，她很记挂你，很希望见见你的夫人，这张照片是我们送给她和你的，希望你们能寄一张照给我们。

——人家都说我们已经结了婚呢。"

"啧——"一种声音遮没了话。

春天，——我们明天也买个风筝去放放。

二月十七日初稿

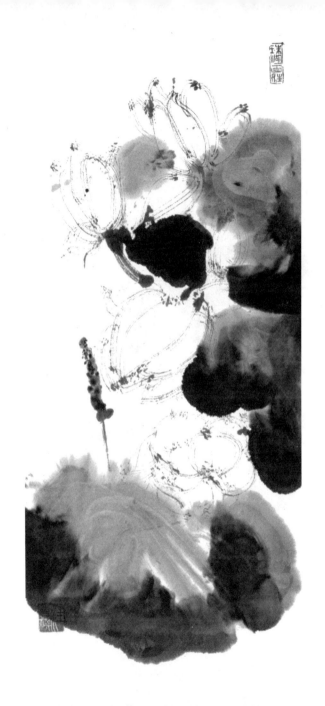

昆明楊梅色如熾炭名火炭梅味極甜濃雨季常有出旅次珙邛寫實春音嫣柔

名士和狐仙

杨渔隐是个怪人。怪处之一，是不爱应酬。杨家在县里是数一数二的高门望族，功名奕世，很是显赫。杨渔隐的上一代曾经是一门三进士，实属难得。杨家人口多，共八房。杨家子弟彼此住得很近，都是深宅大院。门外有石鼓，后园有紫藤、木香。他们常来常往，遇有年节寿庆，都要互相宴请。上一顿的看核才撤去，下一顿的席面即又铺开。照例要给杨渔隐送一回"知单"，请大爷过来坐坐（杨渔隐是大房），杨渔隐抓起笔来画了一个字："谢"，意思是不去。他的堂兄堂弟知道他的脾气，也不再派人催请。杨渔隐住的地方比较偏僻，地名大淖大巷。一个小小的红漆独扇板扉，不像是大户人家的住处。这是一个侧门，想必是另有一座大门的，但是大门开在什么方向，却很少人知道。便是这扇侧门也整天关着，好像里面没有住人。只有厨子老王到大淖挑水，老花匠出来挖河泥（栽花用），女用人小莲子上街买鱼虾菜蔬，才打开一会儿。据曾经向门里窥探过的人说：这座房子外面看起来很朴素，里面的结构装修却是很讲究的，而且种了很多花木。杨渔隐怎么会住到这么一个地方来？也许这是祖上传下来的一所别业，也许是杨渔隐自己挑中的，为了清静，可以远离官衙闹市。

杨渔隐很少出来，有时到南纸店去买一点纸墨笔砚，顺便在街上闲走一会儿，街坊邻居就可以看到"大太爷"的模样。他长得微胖，稍矮，很结实，留着一把乌黑的浓髯，双目炯炯有神。

杨渔隐不爱理人，有时和一个邻居面对面碰见了，连招呼都不打一个。因此一街人都说杨渔隐架子大，高傲。这实在也有点冤枉了杨渔隐，他根本不认识你是谁！

杨渔隐交游不广，除了几个作诗的朋友，偶然应渔隐折简相邀，到他的书斋里吟哦唱和半天，是没有人敲那扇红漆板扉的。

杨渔隐所做的一件极大的怪事，是他和女用人小莲子结了婚。

　　这地方把年轻的女用人都叫作"小莲子"。小莲子原来是伺候杨渔隐的夫人的病的。杨渔隐的夫人很喜欢她，一见面就觉得很投缘。杨渔隐的夫人得的是肺痨，小莲子伺候她很周到，给她煎药、熬燕窝、煮粥。杨夫人没有胃口，每天只能喝一点晚米稀粥，就一碟京冬菜。她在床上躺了三年，一天不如一天。她自己知道没有多少日子了，就叫小莲子坐在床前的杌凳上，跟小莲子说："我不行了。我死后，你要好好照顾老爷。这样我就走得放心了。我在地下会感激你的。"小莲子含泪点头。

　　杨夫人安葬之后，小莲子果然对杨渔隐伺候得很周到。每到换季，单夹皮棉，全都准备好了。冬天床上铺了厚厚的稻草，夏天换了凉席。杨渔隐爱吃鱼，小莲子很会做鱼。鳊、白、鲚，清蒸、氽汤，不老不嫩，火候恰到好处。

　　日长无事，杨渔隐就教小莲子写字（她原来跟杨夫人认了不少字），小字写《洛神赋》，教她读唐诗，还教她作诗。小莲子非常聪明，一学就会。杨渔隐把小莲子的窗课拿给他的作诗的朋友看，他们都大为惊异，连说："诗很像那么回事，小楷也很娟秀，真是有夙慧！夙慧！"

杨渔隐经过长期考虑，跟小莲子提出，要娶她。"你跟我这么久，我已经离不开你；外人也难免有些闲话。我比你大不少岁，有点委屈了你。你考虑考虑。"小莲子想起杨夫人临终的嘱咐，就低了头说："我愿意。"

把房屋裱糊了一下，请诗友写了几首催妆诗，贴在门后，就算办了事。杨渔隐请诗友们不要把诗写得太"艳"，说："我这不是扶正，更不是纳宠，是明媒正娶地续弦，小莲子的品格很高，不可亵玩！"

杨渔隐娶了小莲子，在他们亲戚本家、街道邻居间掀起了轩然大波。他们认为这简直是岂有此理！这是杨渔隐个人的事，碍着别人什么了？然而他们愤愤不平起来，好像有人踩了他的鸡眼。这无非是身份门第间的观念作怪。如果杨渔隐不是和小莲子正式结婚，而是娶小莲子为妾，他们就觉得这可以，这没有什么，这行！杨渔隐对这些议论纷纷、沸沸扬扬，全不理睬。

杨渔隐很爱小莲子，毫不避讳。他时常搀着小莲子的手，到文游台凭栏远眺。文游台是县中古迹，苏东坡、秦少游诗酒流连的地方，西望可见运河的白帆从柳树梢头缓缓移过。这地方离大淖很近，几步就到了。若遇天气晴和，就到西湖泛舟。有人说：这哪里是杨渔隐，这是《儒林外史》里的杜少卿！

杨渔隐忽然得了急病。一个筷子掉到地上，他低头去捡，一头栽下去就没有起来。

小莲子痛不欲生，但是方寸不乱，她把杨渔隐的过继侄子请来，商量了大爷的后事。根据杨渔隐生前的遗志，桐棺薄殓，送入杨氏祖茔安葬，不在家里停灵。

送走了大爷，小莲子觉得心里空得很。她整天坐在杨渔隐的书房里，整理大爷的遗物：藏书法帖、古玩字画、蕉叶白端砚、田黄鸡血图章，特别是杨渔隐的诗稿，全都装订得整整齐齐，一首不缺。

小莲子不见了！不知道她是什么时候走的。厨子老王等了她几天，也不见她回来。老花匠也不见了。老王禀告了杨渔隐的过继侄儿，杨家来人到处看了看，什么东西都井井有条，一样不缺。书桌上留下一把泥金折扇，字是小莲子手写的。"奇怪！"杨家的本家叔侄把几扇房门用封条封了，就带着满脸的狐疑各自回家。厨子老王把泥金折扇偷偷掖了起来，倒了一杯酒，反复看这把扇子，他也说："奇怪！"

老王常在晚上到保全堂药铺找人聊天。杨家出了这样的事，他一到保全堂，大家就围上他问长问短。老王把他所知道的一五一十都说了。还把那把折扇拿出来给大家看。

座客当中有一个喜欢刮话①的张汉轩，此人走南闯北，无所不知，是个万事通。他把小莲子写的泥金折扇拿在手里翻来覆去地看，一边摇头晃脑，说："好诗！好字！"大家问他："张老，你对杨家的事是怎么看的？"张汉轩慢条斯理地说："他们不是人。"——"不是人？"——"小莲子不是人。小莲子学作诗，学写字，时间都不长，怎么能到得如此境界？诗有点女郎诗的味道，她读过不少秦少游的诗，本也无足怪。字，是玉版十三行，我们县能写这种字体的小楷的，没人！老花匠也不是人。他种的花别人种不出来。牡丹都起楼子，荷花是'大红十八瓣'，还都勾金边，谁见过？"

"他们都不是人，那，是什么？"

"是狐仙。——谁也不知道他们是从哪里来的，又向何处去了。飘然而来，飘然而去，不是狐仙是什么？"

---

① 编者注：方言，疑是"刮划"。

"狐仙？"大家对张汉轩的高见将信将疑。

小莲子写在扇子上的诗是这样的：

三十六湖蒲荇香

侬家旧住在横塘

移舟已过琵琶闸

万点明灯影乱长

这需要做一点解释：高邮西边原有三十六口小湖，后来汇在一处，遂成巨浸，是为高邮湖。琵琶闸在南门外，是一个码头。

一九九五年十一月十五日

小学校的钟声

——茱萸小集之一

瓶花收拾起台布上细碎的影子。瓷瓶没有反光，温润而寂静，如一个人的品德。瓷瓶此刻比它抱着的水要略微凉些。窗帘因为暮色浑染，沉沉静垂。我可以开灯。开开灯，灯光下的花另是一个颜色。开灯后，灯光下的香气会不会变样子？可做的事好像都已做过了，我望望两只手，我该如何处置这个？我把它藏在头发里吗？我的头发里保存有各种气味，自然它必也吸取了一点花香。我的头发，黑的和白的。每一游尘都带一点香。我洗我的头发，我洗头发时也看见这瓶花。

天黑了，我的头发是黑的。黑的头发倾泻在枕头上。我的手在我的胸上，我的呼吸振动我的手。我念了念我的名字，好像呼唤一个亲昵朋友。

小学校里的欢声和校园里的花都溶解在静沉沉的夜气里。那种声音实在可见可触，可以供诸瓶儿，一簇，又一簇。我听见钟声，像一个比喻。我没有数，但我知道它的疾徐，轻重，我听出今天是西南风。这一下打在那块铸刻着校名年月的地方。校工老詹的汗把钟绳弄得容易发潮了，他换了一下手。挂钟的铁索把两棵大冬青树干拉近了点，因此我们更不明白地上的一片叶子是哪一棵上落下来的；它们的根胡已经彼此要呵痒玩了吧。又一下，老詹的酒瓶没有塞好，他想他的猫已经看见他的五香牛肉了。可是又用力一下秋千索子有点动，他知道那不是风。他笑了，两个矮矮的影子分开了。这一下敲过一定完了，钟绳如一条蛇在空中摆动，老詹偷偷地到校园里去，看看校长寝室的灯，掐了一枝花，又小心又敏捷：今天有人因为爱这枝花而被罚清除花上的蚜虫。"韵律和生命合成一体，如钟声。"我活在钟声里。钟声同时在我生命里。天黑了。今年我二十五岁。一种荒唐继续荒唐的年龄。

十九岁的生日热热闹闹地过了，可爱得像一种不成熟的文体，到处是希望。酒阑人散，厅堂里只剩余一支红烛，在银烛台上。我应当挟一挟烛花，或是吹熄它，但我什么也不做。一地明月。满宫明月梨花白，还早得很。什么早得很，十二点多了！我简直像个女孩子。我的白围巾就像个女孩子的。该睡了，明天一早还得动身。我的行李已经打好了，今天我大概睡那条大红绫子被。

一早我就上了船。

弟弟们该起来上学去了。我其实可以晚点来，跟他们一齐吃早点，即使送他们到学校也不误事。我可以听见打预备钟再走。

靠着舱窗，看得见码头。堤岸上白白的，特别干净，风吹起鞭炮纸。卖饼的铺子门板上错了，从春联上看得出来。谁，大清早骑驴子过去？脸好熟。有人来了，这个人会多给挑夫一点钱，我想。这个提琴上流过多少音乐了，今天晚上它的主人会不会试一两支短曲子。夥，这个箱子出过国！旅馆老板应当在招纸上印一点诗，旅行人是应当读点诗的。这个，来时跟我一齐来的，他口袋里有一包胡桃糖，还认得我吗？我记得我也有一大包胡桃糖，在箱子里，昨天大姑妈送的。我送一块糖到嘴里时，听见有人说话：

"好了，你回去吧，天冷，你还有第一堂课。"

"不要紧，赶得及；孩子们会等我。"

"老詹第一课还是常拖打五分钟吗？"

"什么？——是的。"

岸上的一个似乎还想说什么，嘴动了动，风大，想还是留到写信时说。停了停，招招手说：

"好，我走了。"

"再见。啊呀！——"

"怎么？"

"没什么。我的手套落到你那儿了。不要紧。大概在小茶几上，插梅花时忘了戴。我有这个！"

"找到了给你寄来。"

"当然寄来，不许昧了！"

"好小气！"

岸上的笑笑，又扬扬手，当真走了。风披下她的一绺头发来了，她已经不好意思歪歪地戴一顶绒线帽子了。谁教她就当了老师！她在这个地方待不久的，多半到暑假就该含一汪眼泪向学生告别了，结果必是老校长安慰一堆小孩子，连这个小孩子。我可以写信问弟弟："你们学校里有个女老师，脸白白的，有个酒窝，喜欢穿蓝衣服，手套是黑的，边口有灰色横纹，她是谁，叫什么名字？声音那么好听，是不是教你们唱歌？——"我能问吗？不能，父亲必会知道，他会亲自到学校里看看去。年纪大的人真没有办法！

我要是送弟弟去，就会跟她们一路来。不好，老詹还认得我。跟她们一路来呢，就可以发现船上这位的手套忘了，哪有女孩子这时候不戴手套的。我会提醒她一句。就为那个颜色，那个花式，自己挑的，自己设计的，她也该戴。——"不要紧，我有这个！"什么是"这个"，手笼？大概是她到伸出手来摇摇时才发现手里有一个什么样的手笼，白的？我没看见，我什么也没看见。只缘身在此山中，我在船上。梅花，梅花开了？是朱砂还是绿萼，校园里旧有两棵的。波——汽笛叫了。一个小轮船安了这么个大汽笛，岂有此理！我躺下吃我的糖。……

"老师早。"

"小朋友早。"

我们像一个个音符走进谱子里去。我多喜欢我那个棕色的书包。蜡笔上沾了些花生米皮子。小石子，半透明的，从河边捡来的。忽然摸到一块糖，早以为已经在我的嘴里甜过了呢。水泥台阶，干净得要我们想洗手去。"猫来了，猫来了，""我的马儿好，不喝水，不吃草。"下课钟一敲，大家噪得那么野，像一簇花突然一齐开放了。第一次栖来这个园里的树上的鸟吓得不假思索地便鼓翅飞了，看看别人都不动，才又飞回来，歪着脑袋向下面端详。我六岁上幼稚园。玩具橱里有个Joker至今还在那儿傻傻地笑。我在一张照片里骑木马，照片在粉墙上发黄。

百货店里我一眼就看出那是我们幼稚园的老师。她把头发梳成圣玛丽的样子。她一定看见我了，看见我的校服，看见我的受过军训的特有姿势。她装作专心在一堆纱手巾上。她的脸有点红，不单是因为低头。我想过去招呼，我怎么招呼呢？到她家里拜访一次？学校寒假后要开展览会吧，我可以帮她们剪纸花，扎蝴蝶。不好，我不会去的。暑假我就要考大学了。

我走出舱门。

我想到船头看看。我要去的向我奔来了。我抱着胳臂，不然我就要张开了。我的眼睛跟船长看得一般远。但我改了主意。我走到船尾去。船头迎风，适于夏天，现在冬天还没有从我语言的惰性中失去。我看我是从哪里来的。

水面简直没有什么船。一只鹭鸶用青色的脚试量水里的太阳。岸上柳树枯干子里似乎已经预备了充分的绿。左手珠湖笼着轻雾。一条狗追着小轮船跑。船到九道湾了，那座庙的朱门深闭在逶迤的黄墙间，黄墙上面是蓝天下的苍翠的柏树。冷冷的是宝塔檐角的铃声在风里摇。

从呼吸里，从我的想象，从这些风景，我感觉我不是一个人。我觉得我不大自在，受了一点拘束。我不能吆喝那只鹭鸶，对那条狗招手，不能自作主张把那一堤烟柳移近庙旁，而把庙移在湖里的雾里。我甚至觉得我站着的姿势有点放肆，我不是太睥睨不可一世就是像不绝俯视自己的灵魂。我身后有双眼睛。这不行，我十九岁了，我得像个男人，这个局面应当由我来打破。我的胡桃糖在我手里。我转身跟人互相点点头。

"生日好。"

"好，谢谢。——"生日好！我眨了眨眼睛。似乎有点明白。这个城太小了。我拈了一块糖放进嘴里，其实胡桃皮已经麻了我的舌头。如此，我才好说。

"吃糖。"一来接糖，她就可走到栏杆边来，我们的地位得平行才行。我看到一个黑皮面的速写簿，它看来颇重，要从腋下滑下去的样子，她不该穿这么软的料子。黑的衬亮所有白的。

"画画？"

"当着人怎么动笔。"

当着人不好动笔，背着人倒好动笔？我倒真没见到把手笼在手笼里画画的，而且又是个白手笼！很可能你连笔都没有带。你事先晓得船尾上就有人？是的，船比城更小。

"再过两三个月，画画就方便了。"

"那时候我们该拼命忙毕业考试了。"

"噢呵，我是说树就都绿了。"她笑了笑，用脚尖踢踢甲板。我看见袜子上有一块油斑，一小块药水棉花凸起，既然敷得极薄，还是看得出。好，这可会让你不自在了，这块油斑会在你感觉中大起来，棉花会凸起，凸起如一个小山！

"你弟弟在学校里大家都喜欢。你弟弟像你，她们说。"

"我弟弟像我小时候。"

她又笑了笑。女孩子总爱笑。"此地实乃世上女子笑声最清脆之一隅。"我手里的一本书里印着这句话。我也笑了笑。她不懂。

我想起背乘数表的声音。现在那几棵大银杏树该是金黄的了吧。它吸收了多少这种背诵的声音。银杏树的木质是松的，松到可以透亮。我们从前的图画板就是用这种木头做的。风琴的声音属于一种过去的声音。灰尘落在教室里的皱纸饰物上。

"敲钟的还是老詹？"

"剪校门口的冬青的也还是他。"

冬青细碎的花，淡绿色；小果子，深紫色。我们仿佛并肩从那条拱背的砖路上一齐走进去。夹道是平平的冬青，比我们的头高。不多久，快了吧，冬青会生出嫩红色的新枝叶，于是老詹用一把大剪子依次剪去，就像剪头发。我们并肩走进去，像两个音符。

我们都看着远远的地方，比那些树更远，比那群鸽子更远。水向后边流。

要弟弟为我拍一张照片。呵，得再等等，这两天他怎么能穿那种大翻领的海军服。学校旁边有一个铺子里挂着海军服。我去买的时候，店员心里想什么，衣服寄回去时家里想什么，他们都不懂我的意思。我买一个秘密，寄一个秘密。我坏得很。早得很，再等等，等树都绿了。现在还只是梅花开在灯下。疏影横斜于我的生日之中。早得很，早什么，嗐，明天一早你得动身，别尽弄那花，看忘了事情，落了东西！听好，第一次钟是起身钟。

"你看，那是什么？"

"乡下人接亲，花轿子。"——这个东西不认得？一团红吹吹打打地过去，像个太阳。我看着的是指着的手。修得这么尖的指甲，不会把手套戳破？我撮起嘴唇，河边芦苇嘘嘘响，我得警告她。

"你的手冷了。"

"哪有这时候接亲的。——不要紧。"

"路远，不到晌午就发轿。拣定了日子。就像人过生日，不能改的。你的手套，咳，得三天样子才能寄到。——"

她想拿一块糖，想拿又不拿了。

"用这个不方便，不好画画。"

她看了看指甲，一片月亮。

"冻疮是个讨厌东西。"讨厌得跟记忆一样。"一走多路，发热。"

她不说话，可是她不用一句话简直把所有的都说了：她把速写簿放在旁边的凳子上，把另一只手也褪出来，很不屑地把手笼放在速写簿上。手笼像一头小猫。

她用右手手指转正左手上一个石榴子的戒指，看了我一眼，这一眼的意思是：

看你还有什么说的！

我若再说，只有说：

你看，你的左手就比右手红些，因为她受暖的时间长些。你的体温从你的戒指上慢慢消失了。李长吉说"腰围白玉冷",你的戒指一会儿就显得硬得多!

但是不成了,放下她的东西时她又稍稍占据比我后一点的地位了。我发见她的眼睛有一种跟人打赌的光,而且像邱比德一样有绝对的把握样子。她极不恭敬看着我的白围巾,我的围巾且是熏了一点香的。

来一阵大风,大风,大风吹得她的眼睛冻起来,哪怕也冻住我们的船。

她挪过她的眼睛,但原来在她眼睛里的立刻搬上她的嘴角。

万籁无声。

胡桃皮硝制我的舌头。

一放手,我把一包糖掉落到水里,有意甚于无意。糖衣从胡桃上解去。但胡桃里面也透了糖。胡桃本身也是甜的。胡桃皮是胡桃皮。

"走吧,验票了。"她说话了,说了话,她恢复不了原来的样子了。感谢船是那么小:

"到我舱里来坐坐。我有不少橘子,这么重,才真不方便。我这是请客了。"

我的票子其实就在身上,不过我还是回去一下。我知道我是应当等一会儿才去赴约的。半个钟头,差不多了吧。当然我不能吹半点钟风，因为我已经吹了不止半点钟风。而且她一定预料我不会空了两手去，她知道我昨天过生日。（她能记得多少时候，到她自己过生日时会不会想起这一天？想到此，她会独自嫣然一笑，当她动手切生日糕时。她自有她的秘密。）现在，正是时候了：

弟弟放午课回家了，为折磨皮鞋一路踢着石子。河堤西侧的阴影洗去了。弟弟的音乐老师在梅瓶前入神，鸟声灌满了校园。她拿起花瓶后面一双手套，一时还没想到下午到邮局去寄。老詹的钟声颤动了阳光，像颤动了水，声音一半扩散，一半沉淀。

"好，当然来。我早闻见橘子香了。"

差点儿我说成橘子花。唢呐声音消失了，也消失了湖上的雾，一种消失于不知不觉中，而且使人知觉于消失之后。

果然，半点钟之内，她换了袜子。一层轻绡从她的脚上褪去，和怜和爱她看看自己的脚尖，想起雨后在洁白的浅滩上印一湾苗条的痕迹，一种难以言说的温柔。怕太娇纵了自己，她赶快穿上一双。

小桌上两个剥了的橘子。橘子旁边是那头白猫。

"好，你是来做主人了。"

放下手里的一盒点心，一个开好的罐头，我的手指接触到白色的毛，又凉又滑。

"你是哪一班的？"

"比你低两班。"

"我怎么不认识你？"

"我是插班进去的，当中还又停了一年。"

她心里一定也笑，还不认识！

"你看过我弟弟？"

"昨天还在我表姐屋里玩来的。放学时逗他玩，不让他回去，急死了！"

"欺负小孩子！你表姊是不是那里毕业的？"

"她生了一场病，不然比我早四班。"

"那她一定在那个教室上过课，窗户外头是池塘，坐在窗户台上可以把钓竿伸出去钓鱼。我钓过一条大乌鱼，想起祖母说，乌鱼头上有北斗七星，赶紧又放了。"

"池塘里有个小岛，大概本来是座坟。"

"岛上可以捡野鸭蛋。"

"我没捡过。"

"你一定捡过，没有拣到！"

"你好像看见似的。要橘子，自己拿。那个和尚的石塔还好好的。你从前懂不懂刻在上头的字？"

"现在也未见得就懂。"

"你在校刊上老有文章。我喜欢塔上的莲花。"

"莲花还好好的。现在若能找到我那些大作，看看，倒非常好玩。"

"昨天我在她们那儿看到好些学生作文。"

"这个多吃点不会怎么，筠，怕什么。"

"你现在还画画吗？"

"我没有速写簿子。你怎晓得我喜欢过？"

我高兴有人提起我久不从事的东西。我实在应当及早学画，我老觉得我在这方面的成就会比我将要投入的工作可靠得多。我起身取了两个橘子，却拿过那个手笼尽抚弄。橘子还是人家拿了坐到对面去剥了。我身边空了一点，因此我觉得我有理由不放下那种柔滑的感觉。

"我们在小学顶高兴野外写生。美术先生姓王，说话老是'譬如''譬如'——画来画去，大家老是一个拥在丛树之上的庙檐：一片帆，一片远景；一个茅草屋子，黑黑的窗子，烟囱里不问早晚都在冒烟。老去的地方是东门大窑墩子，泰山庙文游台，王家亭子……"

"傅公桥，东门和西门的宝塔，……"

"西门宝塔在河堤上，实在我们去得最多的地方是河堤上。老是问姓瞿的老太婆买荸荠吃。"

"就是这条河，水会流到那里。"

"你画过那个渡头，渡头左边尽是野蔷薇，香极了。"

"那个渡头，……渡过去是潭家坞子。坞子里树比人还多，画眉比鸭子还多……"

"可是那些树不尽是柳树，你画的全是一条一条的。"

"……"

"那张画至今还在成绩室里。"

"不记得了，你还给人改了画，那天是全校春季远足，王老师忙不过来了，说大家可以请汪曾祺改，你改得很仔细，好些人都要你改。"

"我的那张画也还在成绩室里，也是一条一条的。表姐昨天跟我去看过。……"

我咽下一小块停留在嘴里半天的蛋糕，想不起什么话说，我的名字被人叫得如此自然。不自觉地把那个柔滑的感觉移到脸上，而且我的嘴唇也想埋在洁白的窝里。我的样子有点傻，我的年龄亮在我的眼睛里。我想一堆带露的蜜波花瓣拥在胸前。

一块橘子皮飞过来，刚好砸在我脸上，好像打中了我的眼睛。我用手掩住眼睛。我的手上感到百倍于那只猫的柔润，像一只招凉的猫，一点轻轻地抖，她的手。

波——，岂有此理，一只小小的船安这么大一个汽笛。随着人声喧沸，脚步忽乱。

"船靠岸了。"

"这是××，晚上才能到□□。"

"你还要赶夜车？"

"大概不，我尽可以在□□耽搁几天，玩玩。"

"什么时候有兴给我画张画。——"

"我去看看，姑妈是不是来接我了，说好了的。"

"姑妈？你要上了？"

"她脾气不大好，其实很好，说叫去不能不去。"

我揉了揉眼睛，把手笼交给她，看她把速写簿子放进箱子，扣好大衣领子，知道她说的是真的。

"箱子我来拿，你笼着这个不方便。"

"谢谢，是真不方便。"

当然，老詹的钟又敲起来了。风很大，船晃得厉害。每个教室里有一块黑板，黑板上写许多字，字与字之间产生一种神秘的交通，钟声作为接引。我不知道我在船上还是在水上，我是怎么活下来的。有时我不免稍微有点疯，先是人家说起后来是我自己想起。钟！……

四月廿七日夜写成

廿九日改易数处，添写最后两句

一月不熬夜，居然觉得疲倦。我的疲倦引诱我

纪念我的生日，纪念几句话

结 婚

乱七八糟的忙了十多天，配窗纱，绣枕头，试鞋子，刚刚坐下，又忽然跳起来，拉了一个人上街。心更没有一刻闲静，心中有事，眼睛老似注视什么，其实什么也看不见，简直吃饭会落了筷子，连呼吸都差不多要忘记了。直到礼服看定后，头发也卷了起来，一切才仿佛有点眉目。觉得事情越做越多，越想越繁，便是这样，也似乎不少什么了。宁宁可以斜斜地靠在新椅子上，看看这些天用腿脚眼睛的水磨功夫换来的东西，想自己便要生活在这些东西当中了，实在好玩得很！在一条定律未被打破以前，人总得遵从它："动者恒动，静者恒静。"人的惰性与任何物体完全一样：她既那么一靠靠下来，便觉得真懒得动弹了。别人说她忙得像块掉在水里的干石炭，她自己明白石灰泡透了水倒真像她现在。觉得现在随便把她放在什么地方都行，一切都已准备妥当了，只等待那个日子来到。

房中静静的，一无声息，记得那个座钟买来时曾上足了过，跟手表对对看，是快是慢，一看，长短针正指着昨天子夜！伸过手去想拿来上一上，只差半寸便可到手了，但她两个指头动了动，似乎想钟自己过来。钟既不来，也便无心再向前去，并连手也懒得抽回来了。长长的手臂，长长的指头，指甲上新涂淡白蔻丹，放着香蕉油气味的柔光，若是往常，便是生在别人身上，也会拿起来吻一下，挤挤眼睛说："不知哪个有福！"还想起一首词中的冶艳句子，惹得自己也心动。如今却甘心冷淡它们。——这座钟的样子没有上回送表妹的好。这对花瓶也不是那天看中的那对，颜色深了，颈子太粗，连把两个瓶子缚在一处（像人与人的关系）的丝带也透着十分俗气，瞧那颜色，粉红的。插什么花，放在哪个几上，衬什么垫单，本来都有周密打算，（日本女孩子到相当年龄都交给艺妓教育，日文教员说过，那觉得大可不必；但父亲花五万银子买来的姨太太房中的布置摆设又实在为她佩服羡慕。）现在，花瓶不是那个，一切都不是白费？真是，晚了一天，就教人家抢先买了去，这个城里为什么这许多人结婚？若是做女儿时，衣裳腰身大了，谁拿错了她的碗筷，小猫扑黑了绒线球，她都会大闹一场，即无一事不称心，春天生一片红叶子，也会惹她发一通脾气。年来虽改了不少，可是像今天那么不认真，居然把座钟花瓶轻轻饶过了，那实在是她自己应当觉得奇怪的。问问自己，这是为什么，也说不出所以然。"人生是个谜，"这句大智若愚的话可以解说一切可疑，产生一切可能。

太阳光艳艳的，从西边半扇窗子照进来，正照着桌上一面小镜子上，镜面很厚，边缘的斜面把太阳分析出一圈虹彩。远远地方有一方白光，若是照在人脸上，不免令人生气，这时却照在那个墙上。（啊，镜面上已落了一层灰！）窗外一丛树，自以为跟天一样高了，便终日若有其事地乱响。百灵鸟在飞，在叫，又收了翅子，歇下舌子，怪难为情地用树叶影子遮住脸。蔷薇花开，在风里香，风里摇。青灰墙上，一叠影子，如水洒在上面，扫之不去，却又乘人不备时干了。一只松鼠，抖开长尾，拂着自己的小脑袋，终日被精力苦恼，无时不想知道自己活着，不肯在一根枝丫上耗过一分钟，现在正从宁宁窗口掠过去。她什么也不理会。心想：这是我的事，我的事，不干你们什么的，似乎自己也不必关心。

宁宁手臂有点酸，才知道已经休息了不少时候。抬起手臂看看，搁在椅背上的一处已经红了一片。天气热，荸荠紫漆桌面上，一时非常清楚地留下一条圆润的汗印，她的眉毛低了低又高了高，待房门一响便立刻放平了，脸上不留什么痕迹，一如平日被人看到的温靖和斌媚。

进来的是他。一个做过"学生"，希望要做"学者"的年轻人。

他学化学，学地质，还是学牛顿的符号或赫胥利的表格，外行人看不出。他也许会作一首诗，译个短篇小说，但并不因此即忽略了日常生活中应有的手艺，敷头油紧皮鞋带。也许长于理财，在客厅中可不至于尽对女孩子谈公债行情，既然能在这种年头结婚，必不肯穿破了领子的衬衫，破了，一定也把它翻过来穿，把纽子重钉一钉。虽然皮鞋可能也是车轮底，但领带总有十来种颜色。他应当能弹吉他琴，（调《风流寡妇》一类调子。）打网球，且会喝一点酒，抽一斗板烟。一切在他都有恰到好处时候，因之便常常窃笑善于自苦的人。（那不免有点骄傲了吧。）白脸上的笑证明他也很温和良善，上回学校七七献金他在大门口捐过五块钱，被新生活纪念义卖队的童子军拦住时，他马上就买了一朵鲜花。当着许多人，或甚至独自看书时都不致丢下那一点自觉的做作，那倒是，我们受教育原就是学习"做人"呀！曾有个未老先白头的朋友，差不多急红了脸说："你们为什么甘愿这么俗气？""俗气"是个不好听的字眼，他心里沉了沉，在脸上尚未表现出什么时赶先熟练地笑了笑说："老兄，我问你，俗字是怎样写法？——对，人旁！你该明白，俗气也便是人气，人少不了它。没有它，失去人性一半了！你会孤寂古怪像那一半，像个谷！"

他究竟是个什么样的人，也许自己很明白。你若是听了他的话，可别因此判断他是什么人，他读过许多书，你得记住。总之，他有点聪明，那是一定的。而且时刻不忘记自己的聪明。他善于观察人事与天时的气候。不仅能观察气候，还能适气调节，尽管人事多么复杂，那一天温度表是多么忙碌。他早上带大衣出门，预防天变，一进门，放下大衣，等待起风。虽然气候都是那个样子，变不到哪里去。从经验，尤其，从直觉上，他知道这屋子里发生过一点什么事。

"哈，宁宁，你太累了吧。"

他把她拥到一张靠窗的沙发上，用感觉搜寻这房子的"过去"，他明白，她实在累了。

"早知道，有这么些麻烦，真不想结婚。想帮帮忙，又笨手笨脚。这些事情上，一个粗男人还是呆呆地看着好。除了赞叹之外无事可做。"

他用新修过的脸偎着她的小脸，记起戏剧小说中曾有过的对话。

"真美，宁宁，你还不满意吗，我简直没有做过梦，会有这样好的家。这么些东西，太多了，太美了，我舍得用吗？

"宁宁，你得到这些东西，辛苦得正如我得到你一样，你不知道。你知道，我这些年来受了多少折磨！我像个打了胜仗的兵那么疲倦。可是，我如今休息到这个堡垒中了。"

她知道由他一个人像做文章那么说下去好，便不插话，只静静地看着他，那么习惯地听着。想这些东西总要旧的，等不到那时，你便会知道这个仗打得有什么意思。后来连这类带恐吓性的话也放过了。只看着他头上帽子，笑在心上：好个绅士，进门连帽子都不脱！你大概真有点兴奋，除了结婚，什么都忘了。及至看到她的手两次触到帽檐，知道他必然已经发觉，或许在外面就已经想好了不脱，好让她明白他是多么爱她！她于是有点厌恶，又觉得这也平常。像这样的事她见得多了，反应已经模糊。且心里懒懒的，更不愿往深处想。像闻到他袖口上一点烟味一样，有一丝儿厌恶，"这是男子的习惯，世界上绅士都用这个证明他自己的身份。"那么意识到，过一刻儿工夫，自然便觉不出了。他的拥抱究竟还不单单是形式，而且也令人舒服的！

宁宁忽然想他应当去演戏，一定可以演得很好，不论风流小生或世故老人，一切小动作都训练得够了。一个主妇，仿佛天生的，她并无感触，一切都订妥了，只想起报上的启事，千万不要有"国难时期一切从简"，她有点恨这几个字，像恨鼻窦里两个小小疤点，毫无用处，（又不是痣，可以使明白法国十八世纪风气的人欣赏，说自己像MADAME那个！）又像是去不掉，因为傍着一个"习惯"。

婚礼很花簇。两个傧相都是这一行的惯家，一切全在行，这种人并且照例都是学校里漂亮的人，接到那种"美丽的鲁莽"的信，立刻有应付办法，收到小别针小银十字架也会毫不在意地挂起来，如自己买的一样。行礼时不会闹笑话的。男客人说点笑话时，不至于板脸扫兴的。

若是有人反对结婚，让他吃两趟喜酒就会不同了吧。好热闹，酒，美好的外形包着的野话，葡萄珠一样的笑。只要不离礼节太远，放肆一点，不会出乱子的！

宁宁被几个同学陪着，她们大都觉得自己美丽，能干，懂事，才够陪伴新娘，彼此相得益彰，人家看新娘时，一定也看到她们。而且还可以那么做一点不大端重的猜想："几个人做新娘时候，一定更美艳。谁的主子？有了主子？教书的？经理？少爷？"

"宁宁，你今天真太美了。"

"你的披纱真好，我一向喜欢月白，你头发，你头发，哦，太好了，宁宁！在美学上说，这些波折都太和谐了。"

"呵，宁，你今天为什么那么庄严，圣处女的光辉在你脸上。"

教会学校的教育，唱惯了赞美诗，说的自然不太美，也不太俗。

她第一次穿上这身衣服，有点异样感觉。但是她很平静，又觉得心里有一点儿小小骚乱，因为不习惯。她还可以限制这点骚乱，不使溶化开来，分散到眼睛里，到头发根，到指尖上。她还可以知道鼻尖有一点极细的汗珠，像从浓雾里带来的，脸是红红的。她稳稳坐着，听着这样即使真心的，也是笨拙的阿谀，只用微笑作答，微笑中表示："这就叫作结婚！"

他呢，自也有一群人围着，趁人不注意时常常检阅自己的衣饰有没有什么不大方，不合适。谨慎得如一个老练的演员明知出台必可博得掌声，仍旧反复在心里搬演着一些细枝末节，现在的笑一半是应酬，一半是预习。他抽起一支烟，又放下，态度显得有点矜持，在学校里一切书本，在社会上一切经验，都不能去掉那点矜持。他说话清楚，是做作出来的，微笑常在脸上嘴角，也是做作出来的。他稍微有点乱：不习惯！

婚礼极圆满地完成了，俗气的不高明的笑谑，和不动人的演说，什么都不缺少。客人渐渐散了，她开始意识到今天做了些什么事。桌上有份报纸，拿起来看看，找寻那个启事，但那个名字似乎不是她的，越看越不像，多了几笔，或少了几笔，在心里画了一次又一次，还是不能解决。她有点迷惘，好像丢了件什么东西，好像从报纸上证明这是别人的事情，与自己不相干。

灯亮着，窗外天作钢蓝色，天上有星。

宁宁手碰到衣服上，像触到冰上，忙拿开来，无事可做，把下唇送到上唇以外，又收了回来，一次，又一次，这种小动作使她的意识趋于集中，又易使停逗在某一点上。两唇都涂了一层唇膏，柔滑的接触能给她以舒适的快意。慢慢嘴唇接受这种刺激的感觉已经迟钝，快意渐渐消失。她随手掐了一个花瓣子，从花瓶内两大束玫瑰的一朵上。两个花瓶里都满满的插了花，一个里面是玫瑰，另一个则是红的与白的康乃馨。

花瓣在手，不一会儿便烂了，于是重新换一片；一片，一片，直到一朵一朵揉碎在她的手指间，披落在膝头脚边，她忽然发觉了，"这是干什么！"一点哀怜，一点惋惜，刚想收拾了去，又突然转了念头，抓过瓶子，把一束玫瑰都摘光了，用力揉，揉，红色的汁水浸透了她的掌心，滴到地上（她竟然不让它们溅在衣服上！）有些流到她指甲缝里，干了之后，使自己日后还要看到记起。看瓶里秃秃的枝子，秃秃的叶子，"看吧，我奈何不了你！"

他们的婚姻完全像普通人的一样，说不出什么道理，一切发展到后来，便是结婚。

从前，两人在一个学校念书，上下差两班，不知在一个什么场合认识起来的。他给自己选中了她，找机会多看见她，到后来便找更多机会与她在一起。她却不十分注意他，不十分理睬他，简直还不十分讨厌他。可是凡是这种事，结果总差不多要变得相离不开的，她回顾前尘，实在应当反省，那时为什么不发现他一点什么？

后来呢，她当真发现了什么？她从来不使他失望，（小小的自然有过）也从不特别鼓励他。后来，一路同到内地，在路上，他服侍她，到内地后，他奉承她，在一个地方既不愿她有不如意事，又愿意她有不如意事，使自己有机会为她效力。他有时还希望她遇到一点小小危险，如落水，跌跤，被狗咬，马惊，自己便好尽一个男子的责任来卫护她，援救她，（这点打算也许是看电影得来的暗示）以推动他们的关系。但上天心肠太好，让她平平安安地活，他的英雄表现便无机会成全。然而，她明白，渐渐地他神色举动稍稍改变了。他似乎有自信教她不能缺少他，无形中给自己加上某种名分。他口中虽不明说，却处处暗示别人："朋友，你的举动言语似乎过分一点了。我虽很能欣赏，可是你是不必空费心计气力的好。"他似乎已经知道先前只是一只钩子搭进一只圈儿，现在却是两节链子连着了。她已极明白他的心理，心想：未免超过事实，水里的鱼哪能便是篓里的？她讨厌他自有把握的神情，那种不是喜欢而是满意的笑。想找个机会嘲弄他一回，扫扫他的兴。

那一天，他邀她到小湖边上看鹭鸶去。她想鹭鸶未必有，看看湖倒好，便问他："我要不要带大衣？虽然现在有两点钟，太阳也好。"他说"也好"。鹭鸶果然有，但他却一眼也没有看，只一次又一次地买米花喂鱼，一面用右脚根踏水边软土，土上渐渐都有了个小小洼了。起初，鱼来吃得很多，可是米花这东西虽然大的好看，味道却没有什么，吃多了便厌了，大都吻一吻就丢下来，水面上于是漂着不少白点子，恰像菱花。他把最后买来的一捧，整个撒下去，拍拍两手，用手绢把手指头擦了又擦，把早经打好腹稿的话说出来。她怔了怔，可是早知有此一日，应付办法也存在心里许久了。掠了掠头发，稍稍挪动身子，很尖刻的，但并不望着他的脸说："你左边脸为什么那么红，右边那么白？"

　　然而现在却明明结了婚，当着许多人，她不相信。

　　他那一次也许只是试一试，看果子虽到了节令，却不知熟了没有。果子并未熟，他失败了，没有告诉过一个人，自己也竭力忘记这回事。明天一切还是照常，陪她玩，陪她吃。有一天，他用不很漂亮，其实却非常艺术的方式说："宁宁，我们为什么不，结，婚？"她一时没说出什么话，于是一切便算定规。

　　他有什么不好吗？似乎找不出，一个很有做丈夫的天分的。

　　往后的日子大概是个什么样子？一时想不了许多，但可以断定大概不至太坏。

然而她恨，这也许只叫着不高兴。一切都平淡无奇，想不到结婚便是这个样子。

她想把这身衣裳撕成一片片的，听花花的声音。想摔破那个花瓶，那个钟。这灯光，讨厌；这镜架子，讨厌，讨厌！她想痛痛快快哭一场，披散涂了许多油的长发，解放那些小圈圈，拉直那些小波纹，奔出去。奔到山上，湖上，天上，随便哪里，只要不是这里。她想飞，她烦躁得如一个未燃放的烟火。

门开了，他进来了。

她忽然从沙发里跳起来了。

他为她的眼睛而停在门口。

"美，这房子，这墙，这门，这天花板，多美，这老鼠洞，美上天了！"

这样的声音是他从来没有听见过的，一时几乎也烦乱起来，但马上很有把握地明白一切。

"噢，宁宁，你是太累了，你应当休息休息，明天，还有许多人要来！"

他很温柔，但相当用力地抱住她。她实在不明白，为什么让他的嘴唇放到自己的上面来。

像一块布，虽然以后还会皱折，但现在至少已经熨平了。

于是，宁宁真的算结了婚。

人的惰性完全和一切物体一样，没有惰性，世界当不是这个样子。

再过两三年，她看了许多事，懂得许多事，对于人间风景，只抱个欣赏态度。心上也许有一点变动，从所在的地位上动一动，可是那只是梦里翻一翻身，左右离不开床沿。她明白人是生物，不是观念。明白既没有理由废掉结婚这个制度。结婚是生活的一个过程，生活在这边若是平地一样，那边也没有高山大水；那她也不必懊悔曾经结婚。虽然人一定非结婚不可，实在也同样没有理由觉自己真的成熟了。她把结论告诉人，却不说如何得来这个结论。她成熟了，因为她已生了个孩子。

忧 郁 症

龚星北家的大门总是开着的。从门前过，随时可以看得见龚星北低着头，在天井里收拾他的花。天井靠里有几层石条，石条上摆着约三四十盆花。山茶、月季、含笑、素馨、剑兰。龚星北是望五十的人了，头发还没有白的，梳得一丝不乱。方脸，鼻梁比较高，说话的声气有点瓮。他用花剪修枝，用小铁铲松土，用喷壶浇水。他穿了一身纺绸裤褂，趿着鞋，神态萧闲。

龚星北在本县算是中上等人家，有几片田产，日子原是过得很宽裕的。龚星北年轻时花天酒地，把家产几乎挥霍殆尽。

他敢陪细如意子同桌打牌。

细如意子姓王，"细如意子"是他的小名。全城的人都称他为"细如意子"，没有多少人知道他的大名。他兼祧两房，到底有多少亩田，连他自己也不清楚。这是个荒唐透顶的膏粱子弟。他的嫖赌都出了格了。他曾经到上海当过一天皇帝。上海有一家超级的妓院，只要你舍得花钱，可以当一天皇帝：三宫六院。他打麻将都是"大二四"。没人愿意陪他打，他拉人入局，说"我跟你老小猴"，就是不管输赢，六成算他的，三成算是对方的。他有时竟能同时打两桌麻将。他自己打一桌，另一桌请一个人替他打，输赢都是他的。替他打的人只要在关键的时候，把要打的牌向他照了照，他点点头，就算数。他打过几副"名牌"。有一次他一副条子的清一色在手，听嵌三索。他自摸到一张三索，不胡，随手把一张幺鸡提出来毫不迟疑地打了出去。在他后面看牌的人一愣。转过一圈，上家打出一张幺鸡。"胡！"他算准了上家正在做一副筒子清一色，手里有一张幺鸡不敢打，看细如意子自己打出一张幺鸡，以为追他一张没问题，没想到他胡的就是自己打出去的牌。清一色平胡。清一色三番，平胡一番，四番牌。老麻将只是"平"（平胡）、"对"（对对和）、"杠"（杠上开花）、

"海"（海底捞月）、"抢"（抢杠胡）加番，嵌当、自摸都没有番。围看的人问细如意子："你准知道上家手里有一张幺鸡？"细如意子说："当然！打牌，就是胆大赢胆小！"

龚星北娶的是杨六房的大小姐。杨家是名门望族。这位大小姐真是位大小姐，什么事也不管，连房门也不大出，一天坐在屋里看《天雨花》《再生缘》，喝西湖龙井，嗑苏州采芝斋的香草小瓜子。她吃的东西清淡而精致。拌荠菜、马兰头、申春阳的虾子豆腐乳、东台的醉蛏鼻子、宁波的泥螺、冬笋炒鸡丝、砗螯烧乌青菜。她对丈夫外面所为，从来不问。

前年她得了噎嗝。"风痨气臌噎嗝，阎王请的客"，这是不治之症。请医吃药，不知花了多少钱，拖了小半年，终于还是溘然长逝了。

龚星北卖了四十亩好田，买了一副上好的棺木，办了丧事。

丧事自有李虎臣帮助料理。

李虎臣是一个好管闲事的热心肠的人。亲戚家有红白喜事，他都要去帮忙。提调一切，有条有理，不须主人家烦心。

他还有个癖好，爱做媒。亲戚家及婚年龄的少男少女，他都很关心，对他们的年貌性格、生辰八字，全都了如指掌。

丧事办得很风光。细如意子送了僧、道、尼三棚经。杨家、龚家的亲戚都戴了孝，随枢出殡，从龚家出来，白花花的一片。路边看的人悄悄议论："龚星北这回是尽其所有了。"

丧偶之后，龚星北收了心，很少出门，每天只是在天井里莳弄石条上的三四十盆花。山茶、月季、含笑、素馨。穿着纺绸裤褂，趿着鞋，意态萧闲。

他玩过乐器，琵琶、三弦都能弹，尤其擅长吹笛。他吹的都是古牌子，是一个老笛师传的谱。上了岁数，不常吹，怕伤气。但是偶尔吹一两曲，笛风还是很圆劲。

龚星北有二儿一女。大儿子龚宗寅，在农民银行做事。二儿子龚宗亮，在上海念高中。女儿龚淑媛，正在读初中。

龚宗寅已经订婚。未婚妻裴云锦，是裴石坡的女儿。李虎臣做的媒。龚宗寅和裴云锦也在公共场合、亲戚家办生日做寿时见过，彼此印象很好。裴云锦的漂亮，在全城是出了名的。

裴云锦女子师范毕业后，没有出去做事。她得支撑裴家这个家。裴石坡可以说是"一介寒儒"。他是教育界的。曾经当过教育局的科长、县督学,做过两任小学校长。县里人提起裴石坡,都很敬重。他为人和气,正直,而且有学问。但是因为不善逢迎,没有后台,几次都被排挤了下来。赋闲在家,已经一年。这一年就靠一点很可怜的积蓄维持着。除了每天两粥一饭,青菜萝卜,裴石坡还要顾及体面,有一些应酬。亲友家有红白喜事,总得封一块钱"贺仪""奠仪",到人家尽到礼数。裴云锦有两个弟弟,裴云章、裴云文,都在读初中,云章读初三,云文读初二。他们都没有读大学的志愿。云章毕业后准备到南京考政法学校,云文准备到镇江考师范。这两个学校都是不要交费的。但是要给他们预备路费、置办行装,这得一笔钱。裴家的值一点钱的古董字画,都已经变卖得差不多了,上哪儿去弄这笔钱去?大姐云锦天天为这事发愁。裴石坡拿出一件七成新的滩羊皮袍,叫云锦去当了。云锦接过皮袍,眼泪滴了下来。裴石坡说:"不要难过。等我找到事,有了钱,再赎回来。反正我现在也不穿它。"

龚家希望裴云锦早点嫁过来。龚星北请李虎臣到裴家去说说。裴石坡通情达理,说一家没有个女人,不是个事,请李虎臣择定个日子。

裴云锦把姑妈接来，好帮着洗洗衣裳，做做饭。

裴云锦换了一身衣裳：水红色的缎子旗袍，白缎子鞋，鞋头绣了几瓣秋海棠。这是几年前就预备下的。云锦几次要卖掉，裴石坡坚决不同意，说："裴石坡再穷，也不能让女儿卖她的嫁衣！"龚宗寅雇了两辆黄包车，龚宗寅、裴云锦各坐一辆，裴云锦嫁到龚家了。

龚家没有大办，只摆了两桌酒席，男宾女宾各一席。

裴云锦拜见了龚家的长辈，斟了酒。裴云锦是个林黛玉型的美人，瓜子脸，尖尖的下巴，眉清目秀，唇红齿白。穿了这一身嫁衣，更显得光彩照人。一个老姑奶奶攥着云锦的手，上上下下端详了半天，连声说："不丑不丑！真标致！真是水葱也似的！宗寅啊，你小子有造化！可得好好待她，别委屈了人家姑娘！姑娘，他若是亏待了你，你来找我，我给你出气！"老姑奶奶在龚家很有权威性，谁都得听她的。她说一句，龚宗寅连忙答应："哎！哎！哎！"逗得一桌子大笑，连裴云锦也忍不住抿嘴笑了。

新婚燕尔，小两口十分恩爱。

进门就当家。三朝回门过后，裴云锦就想摸摸龚家究竟还有多少家底，好考虑怎么当这个家。检点了一下放田契房契的匣子。只有两张田契了，加在一起不到四十亩。有两张房契，一所是身底下住着的，一所是租给同康泰布店的铺面。看看婆婆的首饰箱子，有一对水碧的镯子，一只蓝宝石戒指，一只石榴米红宝石的戒指。这是万万动不得的。四口大皮箱里是婆婆生前穿过的衣裳，倒都是"慕本缎"的。但是"陈丝如烂草"，变不出什么钱来。裴云锦吃了一惊：原来龚家只剩下一个空架子，每月的生活只是靠宗寅的三十五块钱的薪水在维持着。

同康泰交的房钱够买米打油，但是龚家人大手大脚惯了，每餐饭总还要见点荤腥。公公每天还要喝四两酒，得时常给他炒一盘腰花，或一盘鳝鱼。

老大宗寅生活很简朴，老二宗亮可不一样。他在上海读启明中学。启明中学是一所私立中学，收费很贵，入学的都是少爷小姐（这所中学入学可以不经过考试，只要交费就行）。宗亮的穿戴不能过于寒碜，他得穿毛料的制服，单底尖头皮鞋。还要有些交际，请同学吃吃南翔馒头，乔家栅的点心。

小姑子龚淑媛初中没有毕业，就做了事，在电话局当接线生。这个电话局是私人办的。龚淑媛靠了李虎臣的面子才谋到这个工作。薪水很低，一个月才十六块钱。电话局很小，全县城也没有几部电话，工作倒是很清闲。但是龚淑媛心里很不痛快。她的同班同学都到外地读了高中，将来还会上大学的，她却当了个小小的接线生，她很自卑，整天耷拉着脸。她和大嫂的感情也不好。她觉得她落到这一步，好像裴云锦要负责。她怀疑裴云锦"贴娘家"。

"贴娘家"也是有之的。逢年过节，裴家实在过不去的时候，龚宗寅就会拿出十块、八块钱来，叫裴云锦偷偷地塞给姑妈，好让裴石坡家混过一段。裴云锦不肯，龚宗寅说："送去吧，这不是讲面子的时候！"

龚家到了实在困难的时候，就只有变卖之一途。裴云锦把一些用不着的旧锡器、旧铜器搜出来，把收旧货的叫进门，作价卖了。她把一副郑板桥的对子，一幅边寿民的芦雁交给李虎臣卖给了季匋民。这样对对付付地过日子，本地话叫作"折皱"。

又要照顾一个穷困的娘家，又要维持一个没落的婆家，两副担子压在肩膀上，裴云锦那么单薄的身子，怎么承受得住？

嫁过来已经三年，裴云锦没有怀孕，她深深觉得对不起龚家。

裴云锦疯了！有人说她疯了，有人说她得了精神病，其实只是严重的忧郁症。她一天不说话，只是搬了一张椅子坐在房门口，木然地看着檐前的日影或雨滴。

龚宗寅下班回来，看见裴云锦没有坐在门口，进屋一看，她在床头栏杆上吊死了。解了下来，已经气绝多时。龚宗寅大喊："我对不起你！对不起你呀！这些年你没有过过一天松心的日子呀！"裴石坡闻讯赶来，抚尸痛哭："是我拖累了你，是我这个无用的老子拖累了你！"

裴云锦舌尖微露，面目如生。上吊之前还淡淡抹了一点脂粉。她穿着那身水红色缎子旗袍，脚下是那双绣几瓣秋海棠的白缎子鞋。

龚星北做主，把那只蓝宝石戒指卖了，买了一口棺材。不要再换衣服，就用身上的那身装殓了。这身衣服，她一生只穿过两次。

龚星北把天井里的山茶、月季、含笑、素馨的花头都剪了下来，撒在裴云锦的身上。

年轻暴死，不好在家停灵，第二天就送到龚家祖坟埋葬了。

送葬的有龚星北、龚宗寅、龚淑媛——龚宗亮没有赶回来；裴石坡、裴云章、裴云文、李虎臣；还有裴云锦的几个在女子师范时的要好的同学。无鼓乐、无鞭炮，冷冷清清，但是哀思绵绵，路旁观者，无不泪下。

送葬回来，龚星北看看天井里剪掉花头的空枝，取下笛子，在笛胆里注了一点水，笛膜上蘸了一点唾沫，贴了一张"水膏药"，试了试笛声，高吹了一首曲子，曲名《庄周梦》。

一九九三年七月十七日

年红灯（二）

走出室门，总要抬头看看，为什么要看呢，看什么——不知道，也许是想看看天，我曾经住过一个地方，天蓝起来非常的蓝，有的时候多雨。然而看到的却是马路对面高楼屋顶上一个铁架子，一个广告铁架子。这东西，无话可说，很伟大，竖那么一个铁架子的工程可以盖好我的屋子的罢。架子上本来有几个大字，每个字比一间房子都大，最近，天天有人搭了长梯子在上面工作。人在上头那么小，看他们在上头动，好像动得也很慢，很轻微，仿佛完全不是一个普普通通像我们一样的人，因为比例不对，知道，他们是在油漆那几个字，而且这两天在装年红灯了——是谁想起来装的，我坐在椅子里，也可以看见，很高兴一抬头总看见他们在那里，有时竟然看得出他们在谈话，抽烟。我坐在椅子里，手里工作告一段落，抽烟，或喝一杯茶，悠然而自窗口看出去。

一天晚上，亮了，那些年红灯亮了，红光蓝光交流转换。先是小字一个一个生出来，一排排现齐了，于是划然而呈出几个大字，又抹掉似的不见了，又重新再来一遍，红光蓝光交流地落在我阶前，屋顶，我的书，我的纸，我的手指上。

这几个工人他们一定也看见了，他们一定看的。

而我在马路上看见一个人，他看广告上那些灯，从他看的样子，我毫不怀疑地相信他即是那些工人之一，白天他还在那个架子上工作的。那是他的作品，我看了他一会儿——他心里是什么感觉？

"每天都喜欢到江边来玩吗？"

"是的，这里比较清净！"

"对热闹不感兴趣？"

"女孩子固然都喜欢热闹，可是我觉得只有静时候才是真正快乐！"

"这是各人的个性，也许你的心是喜欢幽静的。"

"你觉得这地方好吗？"

"大概是因为市区的空气太浮嚣，每天总想到这里来看看不断地东流的水，在这里我总可以从宁静的心里认识到人生的真谛，譬如江心的浪罢！每个浪花都负有它的使命，一个接连一个，它们永远地没有止境，也永远地不需要后退！"

"这就是你对于人生的认识吗？可是我们生在现代的社会里，我们所负的使命不是比浪花更重吗？"

"也可以这么说，哦！你觉得这畸形的社会，不太令人悲伤吗？"

"不，只有弱者才悲哀，我们是青年，应该给人类争取幸福，也就是为自己争取幸福！"她严肃地说。……

于是他和她从此构成了一段Romance。

在江边芦花开得正茂盛的时候，他俩的爱情也正如花儿一样的浓厚而洁白。

四个月后寒冷给他带来了不幸。她失踪了。没有一个字给他，并且事先也没有一点出走的破绽。他伤心，他为人心的无恒而痛哭，他格外地沉默了，连平常借以解闷江边也不愿去，为的是免得引起自己的愁思而增加痛苦与悲哀。

第二年的春天，春风带来了野蔷薇的气息，他意外地接到了她的来信，报告了她"旅途"的平安，他恢复了以前对她的敬爱而且更加地佩服她崇拜她了！但是他不能写一封信，去表示他对她的崇拜与佩服，因为她没有告诉他有一定的通讯地址。

来信里有一段是这样的。

"……朋友！生命就是创造，有创造才有快乐！我不愿做一朵鲜花供给人玩赏，我要像灿烂的旭日普照四方，我不愿做水上的浮萍，随波逐流，我要学自由的鸟儿，任意飞翔，人生不需要罗绮包裹，我要生命上有血泪的创伤，眼前的安乐是靠不住的，朋友！人生需要求永久的朗照，不要一时的彩异。

"现在我已经获得了生命的真谛，实现了我理想的一部分，我要牺牲自己去为大众服务，自从去年别后，我就开始了我的实际工作，我加入了长征的队伍，向世界和平追求！

"朋友！努力你的学业吧！将来继我之后……"

一直到现在，他没有接到她第二封信，也更不知道她现在在什么地方。

这是一个梦吗!

每到秋临大地的时候,他总不免从记忆里拾回这一个美丽的慷慨的破碎了的梦!

小　芳

小芳在我们家当过一个时期保姆，看我的孙女卉卉。从卉卉三个月一直看她到两岁零八个月进幼儿园日托。

她是安徽无为人。无为木田镇程家湾。无为是个穷县，地少人多。地势低，种水稻油菜。平常年月，打的粮食勉强够吃。地方常闹水灾。往往油菜正在开花，满地金黄，一场大水，全都完了。因此无为人出外谋生的很多。年轻女孩子多出来当保姆。北京人所说的"安徽小保姆"，多一半是无为人。她们大都沾点亲。即或是不沾亲带故，一说起是无为哪里哪里的，很快就熟了。亲不亲，故乡人。她们互通声气，互相照应，常有来往。有时十个八个，约齐了同一天休息（保姆一般两星期休息一次），结伴去逛北海，逛颐和园；逛大栅栏，逛百货大楼。她们很快就学会了说北京话，但在一起时都还是说无为话，叽叽呱呱，非常热闹。小芳到北京，是来找她的妹妹的。妹妹小华头年先到的北京。

小芳离家仓促，也没有和妹妹打个电报。妹妹接到她托别人写来的信，知道她要来，但不知道是哪一天，不知道车次、时间，没法去接她。小芳拿着妹妹的地址，一点办法没有。问人，人不知道。北京那么大，上哪儿找去？小芳在北京站住了一夜。后来是一个解放军战士把她带到妹妹所在那家的胡同。小华正出来倒垃圾，一看姐姐的样子，抱着姐姐就哭了。小华的"主家"人很好，说："叫你姐姐先洗洗，吃点东西。"

小芳先在一家待了三个月，伺候一个瘫痪的老太太。老太太倒是很喜欢她。有一次小芳把碱面当成白糖放进牛奶里，老太太也并未生气。小芳不愿意伺候病人，经过辗转介绍，就由她妹妹带到了我们家，一待就待了下来。这么长的时间，关系一直很好。

小芳长得相当好看，高个儿，长腿，眉眼都不粗俗。她曾经在木田的照相馆照过一张相，照相馆放大了，陈列在橱窗里。她父亲看见了，大为生气："我的女儿怎么可以放在这里让大家看！"经过严重的交涉，照相馆终于同意把照片取了下来。

小芳很聪明，她的耳音特别的好，记性也好，不论什么歌、戏，她听一两遍就能唱下来，而且唱得很准，不走调。这真是难得的天赋。她会唱庐剧。庐剧是无为一带流行的地方戏。我问过小华："你姐姐是怎么学会庐剧的？"——"村里的广播喇叭每天在报告新闻之后，总要放几段庐剧唱片，她听听，就会了。"木田镇有个庐剧团，小芳去考过。团长看她身材、长相、嗓音都好，可惜没有文化——小芳一共只念过四年书，也不识谱，但想进了团可以补习，就录取了她。小芳还在庐剧团唱过几出戏。她父亲知道了，坚决不同意，硬逼着小芳回了家。木田的庐剧团后来改成了县剧团，小芳的父亲有点后悔，因为到了县剧团就可以由农村户口转为城市户口，吃商品粮。小芳如果进了县剧团，她一生的命运就会有很大的不同，她是很可能唱红了的。庐剧的曲调曲折婉转，如泣如诉。她在老太太家时，有时一个人小声地唱，老太太家里人问她："小芳，你哭啦？"——"我没哭，我在唱。"

小芳在我们家干的活不算重。做饭，洗大件的衣裳，这些都不要她管。她的任务就是看卉卉。小芳看卉卉很精心。卉卉的妈读研究生，住校，一个星期才回来一次，卉卉就全交给小芳了。城市育儿的一套，小芳都掌握了。按时给卉卉喝牛奶，吃水果，洗澡，换衣裳。每天上午，抱卉卉到楼下去玩。卉卉小时候长得很好玩，很结实，胖乎乎的，头发很浓，皮肤白嫩，两只大眼睛，谁见了都喜欢，都想抱抱。小芳于是很骄傲，小芳老是褒贬别人家的孩子："难看死了！"好像天底下就是她的卉卉最好。卉卉稍大一点，就带她到附近一个工地去玩沙土，摘喇叭花、狗尾巴草。每天还一定带卉卉到隔壁一个小学的操场上去拉一泡屎。拉完了，抱起卉卉就跑，怕被学校老师看见。上了楼，一进门："喝水！洗手！"卉卉洗手，洗她的小手绢，小芳就给卉卉做饭：蒸鸡蛋羹、青菜剁碎了加肝泥或肉末煮麦片、西红柿面条。小芳还爱给卉卉包饺子，一点点大的小饺子。

下午，卉卉睡一个很长的午觉，小芳就在一边整理卉卉的衣裳，缀缀线头松动的扣子，在绽开的衣缝上缝两针，一面轻轻地哼着庐剧。到后来为自己的歌声所催眠，她也困了，就靠在枕头上睡着了。

晚上，抱着卉卉看电视。小芳爱看电视连续剧、电影、地方戏。卉卉看动画片，看广告。卉卉看到电视里有什么新鲜东西，童装、玩具、巧克力，就说："我还没有这个呢！"她认为凡是她还没有的东西，她都应该有。有一次电视里有一盘大苹果，她要吃。小芳跟她解释："这拿不出来"，卉卉于是大哭。

卉卉有很多衣裳——她小姑、我的二女儿，就爱给她买衣裳，很多玩具。小芳有时给她收拾衣服、玩具，会发出感慨："卉卉的命好——我的命不好。"

小芳教卉卉唱了很多歌：

大海呀大海，
是我生长的地方……

没有花香，没有树高，
我是一棵无人知道的小草……

小芳唱这些歌，都带有一点忧郁的味道。

她还教卉卉念了不少歌谣。这些歌谣大概是她小时候念过的，不过她把无为字音都改成了北京字音。

老奶奶，真古怪，
躺在牙床不起来。

儿子给她买点儿肉，

媳妇给她打点儿酒，

摸不着鞋，摸不着裤，

套——狗——头！

老头子，

上山抓猴子，

猴子一蹦，

老头没用！

　　我有时跟卉卉起哄，就说："猴子没蹦，老头有用！"卉卉大叫："老头没用！"我只好承认："好好好，老头没用！"

　　我的大女儿有一次带了她的女儿芄芄来，她一般都是两个星期来一次。天热，孩子要洗澡，卉卉和芄芄一起洗。澡盆里放了水，让她们自己在水里先玩一会儿。芄芄把卉卉咬了三口，卉卉大哭。咬得很重，三个通红的牙印。芄芄小，小芳不好说她什么，我的大女儿在一边，小芳也不好说她什么，就对卉卉的妈大发脾气："就是你！你干吗不好好看着她！"卉卉的妈只好苦笑。她在心里很感激小芳，卉卉被咬成这样，小芳心疼。

有一次，小芳在厨房里洗衣裳，卉卉一个人在屋里玩。她不知怎么把门划上了，自己不会开，出不来，就在屋里大哭。小芳进不去，在门外也大哭，一面说："卉卉！卉卉！别怕！别怕！"后来是一个搞建筑的邻居，拿了斧子凿子，在门上凿了一个洞。小芳把手从洞里伸进去，卉卉一把拽住不放。门开了，卉卉扑在小芳怀里。小芳身上的肉还在跳。门上的这个圆洞，现在还在。

卉卉跟阿姨很亲，有时很懂事。小芳有经痛病，每个月总要有两天躺着，卉卉就一个人在小床里玩洋娃娃，玩积木，不要阿姨抱，也不吵着要下楼。小华每个月要给小芳送益母草膏、当归丸。卉卉都记住了。小华一来，卉卉就问她："你是给小芳阿姨送益母草膏来了吗？"她的洋娃娃病了，她就说："吃一点益母草膏吧！吃一点当归丸吧！"但卉卉有时乱发脾气，无理取闹。她叫小芳："站到窗户台上去！"

小芳看看窗户台："窗户台这么窄，我站不上去呀！"

"站到床栏杆上去！"

"这怎么站呀！"

"坐到暖气上去！"

"烫！"

"到厨房待着去！"

小芳于是委委屈屈地到厨房里去站着。

过了一会儿，卉卉又非常亲热地喊："阿姨！小芳阿姨！"小芳于是高高兴兴地回到她们俩所住的屋里。

一个两岁的孩子为什么会有这种古怪的恶作剧的念头呢？这在幼儿心理学上怎么解释？

小芳送卉卉上幼儿园。她拿脚顶着教室的门，不让老师关，她要看卉卉。卉卉全不理会，头也不回，噜噜噜噜，走近她自己的小板凳，坐下了。小芳一个人回来。她的心里空了一块。

小芳的命是不好。她才六个月，就由奶奶做主，许给了她的姨表哥李德树。她从小就不喜欢李德树，越大越不喜欢。李德树相貌委琐。他生过瘌痢，头顶上有一块很大的秃疤，亮光光的，小芳看见他就讨厌。李德树的家境原来比小芳家要好些，但是他好赌，程家湾、木田的赌场只要开了，总会有他。赌得只剩下三间土房。他不务正业，田里的草长得老高。这人是个二流子，常常做出丢脸的事。

小芳十五岁的时候就常一个人到山上去哭。天黑了，她妈妈在山下叫她，她不答应。她告诉我们，她那时什么也不怕，狼也不怕。她自杀过一次，喝农药，被发现了，送到木田医院里救活了。中国农村妇女自杀，过去多是投河、上吊，自从有了农药，喝农药的多，这比较省事。乡镇医院对急救农药中毒大都很有经验了。她后来在枕头下面藏了两小瓶敌敌畏，小华知道。小华和姐姐睡一床，随时监视着她。有一次，小芳到村外大河去投水，她妹妹拼命地追上了她，抱着她的腿。小芳揪住妹妹头发，往石头上碰，叫她撒手。小华的头被磕破了，满脸是血，就是不撒手："姐！我不能让你去死！你嫁过去，好赖也是活着，死了就什么也没有了！"

小芳到底还是和李德树结婚了。领结婚证那天，小芳自己都没去，是她父亲代办的。表兄妹是不能结婚的，近亲结婚是法律不允许的。这个道理，小芳的奶奶当然不知道，她认为这是亲上做亲。小芳的父亲也不知道。小芳自己是到了我们家之后，我的老伴告诉她，她才知道的。办理结婚登记手续的村干部应该知道，何况本人并未到场，怎么可以就把结婚证发给他们呢？

李德树跟邻居借了几件家具，把三间土房布置一下，就算办了事。小芳和李德树并未同房。李德树知道她身上揣着敌敌畏，也不敢对她怎么样。

小芳一天也过不下去，就天天回家哭。哭得父亲心也软了。小华后来对我们说："究竟是亲骨肉呀。"父亲说："那你走吧。不要从家里走。李德树要来要人。"小芳乘李德树出去赌钱，收拾了一点东西，从木田坐汽车到合肥，又从合肥坐火车到了北京。她实际上是逃出来的。

小芳在我们家待了一些时，家乡有人来，告诉小芳，李德树被抓起来了。他和另外四个痞子合伙偷了人家一头牛，杀了吃了，人家告到公安局，公安局把他抓进去了。小芳很高兴，她希望他永远不要放出来。这怎么可能呢？偷牛，判不了无期。

李德树到北京来了！他要小芳跟他回去。他先找到小华，小华打了个电话给小芳。李德树有我们家的地址，他找到了，不敢上来，就在楼下转。小芳下了楼，对他说："你来干什么？我不能跟你回去！"楼下有几个小保姆，知道小芳的事，就围住李德树，把他骂了一顿："你还想娶小芳！瞧你那德行！""你快走吧！一会儿公安局就来人抓你！"李德树竟然叫她们轰走了。

过些日子，小芳的父亲来信，叫小芳快回来，李德树扬言，要烧他们家的房子，杀她的弟弟，她妈带着她弟弟躲进了山里。小芳于是下决心回去一趟。小芳这回有了主见了，她在北京就给木田法院写了一封信，请求离婚，并寄去离婚诉讼所需费用。

小芳在合肥要下火车，车进站时，她发现李德树在站上等着她。小芳穿了一件玫瑰红人造革的短大衣，半高跟皮鞋，戴起墨镜，大摇大摆从李德树面前走过，李德树竟没认出来！

小芳坐上往木田的汽车一直回到家里。

李德树伙同几个朋友，就是和他一同偷牛的几个痞子，半夜里把小芳抢了出来。小芳两手抱着一棵树，大声喊叫："卉卉！卉卉！"——喊卉卉干什么？卉卉能救你吗？

李德树让他的嫂子看着小芳。嫂子很同情小芳。小芳对嫂子说："我想到木田去洗个澡。"嫂子说："去吧。"小芳到了木田，跑到法院去吵了一顿："你们收了我的钱，为什么不给我办离婚？"法院不理她。小芳就从木田到合肥坐火车到北京来了。

我们有个亲戚在安徽，和省妇联的一个负责干部很熟。我们把小芳的情况给那亲戚写了一封信，那位亲戚和妇联的同志反映了一下，恰好这位同志要到无为视察工作，向木田法院问及小芳的问题。法院只好受理小芳的案子，判离，但要小芳付给李德树九百块钱。

小芳的父亲拿出一点钱，小芳拿出她的全部积蓄，小华又帮她借了一点钱，陆续偿给了李德树，小芳自由了。

李德树拿了九百块钱，很快就输光了。

小芳离开我们家后，到一家个体户的糖果糕点厂去做糖果，在丰台。糕点厂有个小胡，是小芳的同乡，每天蹬平板三轮到市里给各家送货。小芳有一天去看妹妹，带了小胡一起去。小华心里想：你怎么把一个男的带到我这里来了！是不是他们好了？看姐姐的眼睛，就是的，悄悄地问："你们是不是好了？"姐姐笑了。小华拿眼看了看小胡，说："太矮了！"小芳说："矮一点有什么关系，要那么高干什么！"据小华说："我姐喜欢他有文化。小胡读过初中。她自己没有文化，特别喜欢有文化的人。"

还得小胡回去托人到小芳家说媒。私订终身是不兴的。小胡先走两天，小芳接着也回了家。

到了家，她妈对她说："你明天去看看三舅妈，你好久没看见她了，她想你。"小芳想，也是，就提了一包糕点厂的点心去了。

去了，才知道，哪是三舅妈想她呀，是叫她去让人相亲。程家湾出了个万元户。这人是靠倒卖衣裳发财的。从福建石狮贩了衣服，拆掉原来的商标，换上假名牌。一百元买进，三百元卖出。这位倒爷对小芳很中意，说小芳嫁给他，小芳家的生活他包了，还可供她弟弟上学。小芳说："他就是亿万富翁，我也不嫁给他！"她妈说："小胡家穷，只有三间土房。"小芳说："穷就穷点，只要人好！"

小芳和小胡结了婚，一年后生了个女儿，取名也叫卉卉。

我们的卉卉有很多穿过的衣裳，留着也没有用，卉卉的妈就给小芳寄去，寄了不止一次。小芳让她的卉卉穿了寄去的衣裳照了一张相寄了来。小芳的卉卉像小芳。

家里过不下去，小芳两口子还得上北京来，那家糖果糕点厂还愿意要他们。

小芳带了小胡上我们家来。小胡是矮了一点。其实也不算太矮，只是因为小芳高，显得他矮了。小胡的样子很清秀，人很文静，像个知识分子。小芳可是又黑又瘦，瘦得颧骨都凸出来了，神情很憔悴。卉卉已经上幼儿园大班，不怎么记得小芳，问小芳："你就是带过我的那个阿姨吗？"小芳一把把她抱了起来，卉卉就黏在小芳身上不下来。

不到一年，小芳又回去了，她想她的女儿。

过不久，小胡也回去了，家里的责任田得有人种。

小芳小产了两次。医生警告她："你不能再生了，再生就有危险！"小芳从小身体就不好。小芳说："我一定要给他们家留一条根！"小芳终于生了一个儿子。小华说："这孩子是他们家的一条龙！"

小芳一直很想卉卉。她来信要卉卉的照片，卉卉的妈不断给她寄去。她要卉卉的录音，卉卉的妈给她录了一盘卉卉唱歌讲故事的磁带。卉卉的妈叫卉卉跟小芳说几句话。卉卉扭扭捏捏地说："说什么呀？"——"随便！随便说几句！"卉卉想了想，说：

"小芳阿姨，你好吗？我很想你，我记得你很多事。"

听小华说，小芳现在生活很苦，有时连盐都没有。没盐了，小胡就拿了网，打一二斤鱼，到木田卖了，买点盐。

我问小华："小芳现在就是一心只想把两个孩子拉

扯大了？”

小华说：“就是。”

小芳现在还唱庐剧吗？

可能还会唱，在她哄孩子睡觉的时候。

一九九一年五月二十八日

星 期 天

这是一所私立中学，很小，只有三个初中班。地点很好，在福煦路。往南不远是霞飞路；往北，穿过两条横马路，便是静安寺路、南京路。因此，学生不少。学生多半是附近商人家的子女。

"校舍"很简单。靠马路是一带水泥围墙。有一座铁门。进门左手是一幢两层的楼房。很旧了，但看起来还结实。楼下东侧是校长办公室。往里去是一个像是会议室似的狭长的房间，里面放了一张乒乓球台子。西侧有一间房间，靠南有窗的一面凸出呈半圆形，形状有点像一个船舱，是教导主任沈先生的宿舍。当中，外屋是教员休息室；里面是一间大教室。楼上还有两个教室。

"教学楼"的后面有一座后楼，三层。上面两层是校长的住家。底层有两间不见天日的小房间，是没有家的单身教员的宿舍。

此外，在主楼的对面，紧挨围墙，有一座铁皮顶的木板棚子。后楼的旁边也有一座板棚。

如此而已。

学校人事清简。全体教职员工，共有如下数人：

一、校长。姓赵名宗浚，大夏大学毕业，何系，未详。他大学毕业后就从事教育事业。他为什么不在银行或海关找个事做，却来办这样一个中学，道理不知何在。想来是因为开一个学堂，进项不少，又不需要上班下班，一天工作八小时，守家在地，下了楼，几步就到他的小王国——校长办公室，下雨连伞都不用打；又不用受谁的管，每天可以享清福，安闲自在，乐在其中。他这个学校不知道是怎样"办"的。学校连个会计都没有。每学期收了学杂费，全部归他处理。除了开销教员的薪水、油墨纸张、粉笔板擦、电灯自来水、笤帚簸箕、拖把抹布，他净落多少，谁也不知道。物价飞涨，一日数变，收了学费，他当然不会把钞票存在银行里，瞧着它损耗跌落，少不得要换成黄鱼（金条）或美钞。另外他大概还经营一点五金电料生意。他有个弟弟在一家五金行做事，行情熟悉。

他每天生活得蛮"写意"。每天早起到办公室，坐在他的黑皮转椅里看报。《文汇报》《大公报》《新民报》，和隔夜的《大晚报》，逐版浏览一遍。他很少看书。他身后的书架上只有两套书，一套《辞海》；还有一套——不知道他怎么会有这样一套书：吴其濬的《植物名实图考长编》。看完报，就从抽屉里拿出几件小工具，修理一些小玩意，一个带八音盒的小座钟，或是一个西门子的弹簧弹子锁。他爱逛拍卖行、旧货店，喜欢搜罗这类不费什么钱而又没有多大用处的玩意。或者用一个指甲锉修指甲。他其实就在家里待着，不到办公室来也可以。到办公室，主要是为了打电话或接电话。他接电话有个习惯。电话铃响了，他拿起听筒，照例是先用上海话说："侬找啥人？"对方找的就是他，他不马上跟对方通话，总要说："请侬等一等"，过了一会儿，才改用普通话说："您找赵宗浚吗？我就是……"他为什么每次接电话都要这样，我一直没有弄明白。是显得他有一个秘书，第一次接电话的不是他本人，是秘书，好有一点派头？还是先"缓冲"一下，好有时间容他考虑一下，对方是谁，打电话来多半是为什么事，胸有成竹，有所准备，以便答复？从他接电话的这个习惯，可以断定：这是一个精明的人。他很精明，但并不俗气。

他看起来很有文化修养。说话高雅，声音甜润。上海市井间流行的口头语，如"操那起来""斜其盎赛"，在他嘴里绝对找不到。他在大学时就在学校的剧团演过话剧，毕业后偶尔还参加职业剧团客串（因此他的普通话说得很好），现在还和上海的影剧界的许多人保持联系。我就是因为到上海找不到职业，由一位文学戏剧界的前辈介绍到他的学校里来教书的。他虽然是学校的业主，但是对待教员并不刻薄，为人很"漂亮"，很讲"朋友"，身上还保留着一些大学生和演员的洒脱风度。每年冬至，他必要把全体教职员请到后楼他的家里吃一顿"冬至夜饭"，以尽东道之谊。平常也不时请几个教员出去来一顿小吃。离学校不远，马路边上有一个泉州人摆的鱼糕米粉摊子，他经常在晚上拉我去吃一碗米粉。他知道我爱喝酒，每次总还要特地为我叫几两七宝大曲。到了星期天，他还忘不了把几个他乡作客或有家不归的单身教员拉到外面去玩玩。逛逛兆丰公园、法国公园，或到老城隍庙去走走九曲桥，坐坐茶馆，吃两块油汆鱿鱼，喝一碗鸡鸭血汤。凡有这种活动，多半都是由他花钱请客。这种地方，他是一点也不小气吝啬的。

他已经三十五岁，还是单身。他曾和一个女演员在外面租了房子同居了几年，女演员名叫许曼诺。因为他母亲坚决反对他和这个女人结婚，所以一直拖着（他父亲已死，他对母亲是很孝顺的）。有一天一清早他去找这个演员，敲了半天房门，门才开。里面有一个男人（这人他也认识）。他发现许曼诺的晨衣里面什么也没有穿！他一气之下，再也不去了。但是许曼诺有时还会打电话来，约他到DDS或卡夫卡司①去见面。那大概是许曼诺生活上遇到了困难，来求他给她一点帮助了。这个女人我见过，颇有风韵，但是神情憔悴，显然长期过着放纵而不安定的生活。她抽烟，喝烈性酒。

他发胖了。才三十五岁就已经一百六十斤。他很知道，再发展下去会是什么样子，他的父亲就是一个大胖子（我们见过他的遗像）。因此，他节食，并且注意锻炼。每天中午由英文教员小沈先生或他的弟弟陪他打乒乓球。会议室那张乒乓球台子就是为此而特意买来的。

二、教导主任沈先生。名裕藻，也是大夏大学毕业。他到这所私立中学来教书，自然是因为老同学赵宗浚的关系。他到这所中学有年头了，从学校开办，他就是教导主任。他教代数、几何、物理、化学。授课量相

---

① 旧上海两家俄国咖啡馆。

当于两个教员，所拿薪水也比两个教员还多。而且他可以独占一间相当宽敞明亮的宿舍，蛮适意。这种条件在上海并不是很容易得到的。因此，他也不必动脑筋另谋高就。大概这所中学办到哪一天，他这个教导主任就会当到哪一天。

他一辈子不吃任何蔬菜。他的每天的中午饭都是由他的弟弟（他弟弟在这个学校读书）用一个三层的提梁饭盒从家里给他送来（晚饭他回家吃）。菜，大都是红烧肉、煎带鱼、荷包蛋、香肠……每顿他都吃得一点不剩。因此，他长得像一个牛犊子，呼吸粗短，举动稍欠灵活。他当然有一对金鱼眼睛。

他也不大看书，但有两种"书"是必读的。一是"方块报"①，他见到必买；一是还珠楼主的《蜀山剑侠传》。学校隔壁两三家，有一家小书店，每到《蜀山剑侠传》新出一集，就在门口立出一块广告牌："好消息，

---

① 上海一度流行。十六开，八页或十二页，订成薄薄的一本。图文并茂。开头两页，为了向国民党的检查机关交账，大都登中央社的电讯，要人行踪。以下是各种社会新闻，影星名伶艳事，武侠小说和海上文人所写的色情小说。此外还有大量的裸体和半裸体的照片。

《蜀山剑侠传》第××集已到！"沈裕藻走进店里，老板立即起身迎接："沈先生，老早替侬留好勒嗨！"除了读"书"，他拉拉胡琴。他有一把很好的胡琴，凤眼竹的担子，声音极好。这把胡琴是他的骄傲。虽然在他手里实在拉不出多大名堂。

他没有什么朋友，却认识不少有名的票友。主要是通过他的同学李文鑫认识的，也可以说是通过这把胡琴认识的。

李文鑫也是大夏毕业的。毕业以后，啥事也不做。他家里开着一爿旅馆，他就在家当"小开"。这是那种老式的旅馆，在南市、十六铺一带还可见到。一座回字形的楼房，四面都有房间，当中一个天井。楼是纯粹木结构的，扶梯、栏杆、地板，全都是木头的，涂了紫红色的油漆。住在楼上，走起路来，地板会咯吱咯吱地响。一男一女，在房间里做点什么勾当，隔壁可以听得清清楚楚。客人是三教九流，什么人都有。李文鑫就住在账房间后面的一间洁净的房间里，听唱片，拉程派胡琴。他是上海专拉程派的名琴票。他还培养了一个弹月琴的搭档。这弹月琴的是个流浪汉，生病困在他的旅馆里，付不出房钱。李文鑫踱到他房间里，问他会点什么——啥都不会！李文鑫不知怎么会忽然心血来潮，异想天开，拿了一把月琴："侬弹！"这流浪汉就使劲弹起来，——单弦绷。李文鑫不让他闲着，三九天，弄一盆冰水，让这流浪汉把手指头弹得发烫了，放在冰水里泡泡——再弹！在李文鑫的苦教之下，这流浪汉竟成了上海滩票界的一把数一数二的月琴。这流浪汉一个大字不识，挺大个脑袋，见人连话都不会说，只会傻笑，可是弹得一手好月琴。使起"宵儿"来，真是"大珠小珠落玉盘"。而且尺寸稳当，板槽瓷实，和李文鑫的胡琴严丝合缝，"一眼"不差，为李文鑫的琴艺生色不少。票友们都说李文鑫能教出这样一个下手来，真是独具慧眼。李文鑫就养着他，带着他到处"走票"，很受欢迎。

李文鑫有时带了几个票友来看沈裕藻，因为这所学校有一间会议室，正好吊嗓子清唱。那大都是星期天。沈裕藻星期天偶尔也同我们一起去逛逛公园，逛逛城隍庙，陪赵宗浚去遛拍卖行，平常大都是读"书"，等着这些唱戏朋友。李文鑫认识的票友都是"有一号"的。像古森柏这样的名票也让李文鑫拉来过。古森柏除了偶尔唱一段《监酒令》，让大家欣赏欣赏徐小香的古调绝响外，不大唱。他来了，大都是聊。盛兰如何，盛戎如何，世海如何，君秋如何。他聊的时候，别的票友都洗耳恭听，连连颔首。沈裕藻更是听得发呆。有一次，古

2
1
6

森柏和李文鑫还把南京的程派名票包华请来过。包华那天唱了全出《桑园会》（这是他的代表作，曾灌唱片）。李文鑫操琴，用的就是老沈的那把凤眼竹担子的胡琴（这是一把适于拉西皮的琴）。流浪汉闭着眼睛弹月琴。李文鑫叫沈裕藻来把二胡托着。沈裕藻只敢轻轻地蹭，他怕拉重了"出去"了。包华的程派真是格高韵雅，懂戏不懂戏的，全都听得出了神，鸦雀无声。

沈裕藻的这把胡琴给包华拉过，他给包华托过二胡，他觉得非常光荣。

三、英文教员沈福根。因为他年纪轻，大家叫他小沈，以区别于老沈——沈裕藻。学生叫他"小沈先生"。他是本校的毕业生。毕业以后卖了两年小黄鱼，同时在青年会补习英文。以后跟校长赵先生讲讲，就来教英文了。他的英文教得怎么样？——不晓得。

四、史地教员史先生。史先生原是首饰店出身。他有一桩艳遇。在他还在首饰店学徒的时候，有一天店里接到一个电话，叫给一家送几件首饰去看看，要一个学徒送去。店里叫小史去。小史拿了几件首饰，按电话里所说的地址送去了。地方很远。送到了，是一座很幽静的别墅，没有什么人。女主人接见了他，把他留下了。住了三天（据他后来估计，这女主人大概是一个军阀的姨太太）。他现在已经四十多岁了，还常常津津乐道地谈起这件事。一谈起这件事，就说："毕生难忘！"我看看他的模样（他的脸有一点像一张拉长了的猴子的脸），实在很难想象他曾有过这样的艳遇。不过据他自己说，年轻时他是蛮漂亮的。至于他怎么由一个首饰店的学徒变成了一个教史地的中学教员，那谁知道呢。上海的许多事情，都是蛮难讲的。

五、体育教员谢霈。这个学校没有操场，也没有任何体育设备（除了那张乒乓球台子），却有一个体育教员。谢先生上体育课只有一种办法，把学生带出去，到霞飞路的几条车辆行人都较少的横马路上跑一圈。学生们很愿意上体育课，因为可以不在教室里坐着，回来还可以买一点甜咸"支卜"、檀香橄榄、蜜饯嘉应子、苔菜小麻花，一路走，一路吃着，三三两两地走进学校的铁门。谢先生没有什么学历，他当过兵，要过饭。他是个愤世嫉俗派，什么事情都看透了。他常说："什么都是假的。爷娘、老婆、儿女，都是假的。只有铜钿，铜钿是真的！"他看到人谈恋爱就反感："恋爱。没有的。没有恋爱，只有操×！"他生活非常俭省，连茶叶都不买。只在一件事上却舍得花钱：请人下棋。他是个棋迷。他的棋下得很臭，但是爱看人下棋。一到星期天，他就请两个人来下棋，他看。有时能把上海的两位围棋国手请来。这两位国手，都穿着纺绸衫裤，长衫折得整整齐齐地搭在肘臂上。国手之一的长衫是熟罗的，国手之二的是香云纱。国手之一手执棕竹拄杖，国手之二手执湘妃竹骨子的折扇。国手之一留着小胡子，国手之二不留。他们都用长长的象牙烟嘴吸烟，都很潇洒。他们来了，稍事休息，见到人都欠起身来，彬彬有礼，然后就在校长办公室的写字台上摆开棋局，对弈起来。他们来了，谢先生不仅预备了好茶好烟，还一定在不远一家广东馆订几个菜，等一局下完，请他们去小酌。这二位都是好酒量，都能喝二斤加饭或善酿。谢先生为了看国手下棋，花起钱不觉得肉痛。

六、李维廉。这是一个在复旦大学教书的诗人的侄子，高中毕业后，从北平到上海来，准备在上海考大学。他的叔父和介绍我来的那位文学戏剧前辈是老朋友，请这位前辈把他介绍到这所学校来，教一年级算术，好解决他的食宿。这个年轻人很腼腆，不爱说话，神情有点忧郁。星期天，他有时到叔叔家去，有时不去，躲在屋里温习功课，写信。

七、胡凤英。女，本校毕业，管注册、收费、收发、油印、接电话。

八、校工老左。住在后楼房边的板棚里。

九、我。我教三个班的国文。课余或看看电影，或到一位老作家家里坐坐，或陪一个天才画家无尽无休地逛霞飞路，说一些海阔天空，才华迸发的废话。吃了一碗加了很多辣椒的咖喱牛肉面后，就回到学校里来，在"教学楼"对面的铁皮顶木棚里批改学生的作文，写小说，直到深夜。我很喜欢这间棚子，因为只有我一个人。除了我，谁也不来。下雨天，雨点落在铁皮顶上，乒乒乓乓，很好听。听着雨声，我往往会想起一些很遥远的往事。但是我又很清楚地知道：我现在在上海。雨已经停了，分明听到一声："白糖莲芯粥——！"

星期天，除非有约会，我大都随帮唱影，和赵宗浚、沈裕藻、沈福根、胡凤英……去逛兆丰公园、法国公园，逛城隍庙。或听票友唱戏，看国手下棋。不想听也不想看的时候，就翻《辞海》，看《植物名实图考长编》——这是一本很有趣的著作，文笔极好。我对这本书一直很有感情，因为它曾经在喧嚣历碌的上海，陪伴我度过许多闲适安静的辰光。

这所中学里，忽然兴起一阵跳舞风，几乎每个星期天都要举办舞会。这是校长赵宗浚所倡导的。原因是：

一、赵宗浚正在追求一位女朋友。这女朋友有两个妹妹，都是刚刚学会跳舞，瘾头很大。举办舞会，可以把这两个妹妹和她们的姐姐都吸引了来。

赵宗浚新认识的女朋友姓王，名静仪。史先生、沈福根、胡凤英都称呼她为王小姐。她人如其名，态度文静，见人握手，落落大方。脸上薄施脂粉，身材很苗条。衣服鞋子都很讲究，是经过精心挑选的，但乍一看看不出来，因为款式高雅，色调谐和，不趋时髦，毫不扎眼。她是学音乐的，在一个教会学校教音乐课。她父亲早故，一家生活全由她负担。因为要培养两个妹妹上学，靠三十岁了，还没有嫁人。赵宗浚在一个老一辈的导演家里认识了她，很倾心。他已经厌倦了和许曼诺的那种叫人心烦意乱的恋爱，他需要一个安静平和的家庭，王静仪正是他所向往的伴侣。他曾经给王静仪写过几封信，约她到公园里谈过几次。赵宗浚表示愿意帮助她的两个妹妹读书；还表示他已经是这样的岁数了，不可能再有那种火辣辣的，罗曼蒂克的感情，但是他是懂得怎样体贴照顾别人的。王静仪客客气气地表示对赵先生的为人很钦佩，对他的好意很感谢。

她的两个妹妹，一个叫婉仪，一个叫淑仪，长得可一点也不像姐姐，她们的脸都很宽，眼睛分得很开，体型也是宽宽扁扁的。稚气未脱，不大解事，吃起点心糖果来，声音很响。王静仪带她们出来参加这一类的舞会，只是想让她们见见世面，有一点社交生活。这在她那样比较寒素的人家，是不大容易有的。因此这两个妹妹随时都显得有点兴奋。

二、赵宗浚觉得自己太胖了，需要运动。

三、他新从拍卖行买了一套调制鸡尾酒的酒具，一个赛银的酒海，一个曲颈长柄的酒勺，和几十只高脚玻璃酒杯，他要拿出来派派用场。

四、现有一个非常出色的跳舞教师。

这人名叫赫连都。他不是这个学校里的人，只是住在这个学校里。他是电影演员，也是介绍我到这个学校里来的那位文学戏剧前辈把他介绍给赵宗浚，住到这个学校里来的，因为他在上海找不到地方住。他就住在后楼底层，和谢霈、李维廉一个房间。——我和一个在《大晚报》当夜班编辑的姓江的老兄住另一间。姓江的老兄也不是学校里的人，和赵宗浚是同学，故得寄住在这里。这两个房间黑暗而潮湿，白天也得开灯。我临离开上海时，打行李，发现垫在小铁床上的席子的背面竟长了一寸多长的白毛！房间前面有一个狭小的天井，后楼的二三层和隔壁人家楼上随时会把用过的水从高空泼在天井里，哗啦一声，惊心动魄。我因此给这两间屋起了一个室名：听水斋。

赫连都有点神秘。他是个电影演员，可是一直没有见他主演过什么片子。他长得高大、挺拔、英俊，很有男子气。虽然住在一间暗无天日的房子里，睡在一张破旧的小铁床上，出门时却总是西装笔挺，容光焕发，像个大明星。他忙得很。一早出门，很晚才回来。他到一个白俄家里去学发声，到另一个白俄家里去学舞蹈，到健身房练拳击，到马场去学骑马，到剧专去旁听表演课，到处找电影看，除了美国片、英国片、苏联片，还到光陆这样的小电影院去看乌发公司的德国片，研究却尔斯劳顿和里昂·巴里摩尔……

他星期天有时也在学校里待半天，听票友唱戏，看国手下棋，跟大家聊聊天。聊电影，聊内战，聊沈崇事件，聊美国兵开吉普车撞人、在马路上酗酒胡闹。他说话富于表情，手势有力。他的笑声常使人受到感染。

他的舞跳得很好。探戈跳得尤其好，曾应邀在跑狗场举办的探戈舞表演晚会上表演过。

赵宗浚于是邀请他来参加舞会，教大家跳舞。他欣然同意，说：

"好啊！"

他在这里寄居，不交房钱，这点义务是应该尽的，否则就太不近人情了。

于是到了星期天，我们就哪儿也不去了。胡凤英在家吃了早饭就到学校里来，和老左、沈福根把楼下大教室的课桌课椅都搬开，然后搬来一匣子钢丝毛，一团一团地撒在地板上，用脚踩着，顺着木纹，使劲地擦。赵宗浚和我有时也参加这种有趣的劳动。把地板擦去一层皮，露出了白茬，就上蜡。然后换了几个大灯泡，蒙上红蓝玻璃纸。有时还挂上一些绉纸彩条，纸灯笼。

到了晚上，这所学校就成了一个俱乐部。下棋的下棋，唱戏的唱戏，跳舞的跳舞。

红蓝灯泡一亮，电唱机的音乐一响，彩条纸灯被电风扇吹得摇摇晃晃，很有点舞会的气氛。胡凤英从后楼搬来十来只果盘，装着点心糖果。赵宗浚捧着赛银酒海进来，着手调制鸡尾酒。他这鸡尾酒是中西合璧。十几瓶汽水，十几瓶可口可乐，兑上一点白酒。但是用曲颈长柄的酒勺倾注在高脚酒杯里，晶莹透亮，你能说这不是鸡尾酒？

音乐（唱片）也是中西并蓄，雅俗杂陈。萧邦、华格那、斯特劳斯；黑人的爵士乐，南美的伦摆舞曲，夏威夷情歌；李香兰唱的《支那之夜》《卖糖歌》；广东音乐《彩云追月》《节节高》；上海的流行歌曲《三轮车上的小姐》《你是一个坏东西》；还有跳舞场里大家一起跳的《香槟酒气满场飞》。

参加舞会的，除了本校教员，王家三姊妹，还有本校毕业出去现已就业的女生，还有胡凤英约来的一些男女朋友。她的这些朋友都有点不三不四，男的穿着全套美国大兵的服装，大概是飞机场的机械士；女的打扮得像吉普女郎。不过他们到这里参加舞会，还比较收敛，甚至很拘谨。他们畏畏缩缩地和人握手。跳舞的时候也只是他们几个人来回配搭着跳，跳伦摆。

赫连都几乎整场都不空。女孩子都爱找他跳。他的舞跳得非常的"帅"（她们都很能体会这个北京字眼的全部含义了）。脚步清楚，所给的暗示非常肯定。跟他跳舞，自己觉得轻得像一朵云，交关舒服。

这一天，华灯初上，舞乐轻扬。李文鑫因为晚上要拉一场戏，带着弹月琴的下手走了。票友们有的告辞，有的被沈裕藻留下来跳舞。下棋的吃了老酒，喝着新泡的龙井茶，准备再战。参加舞会的来宾陆续到了，赫连都却还没有出现——他平常都是和赵宗浚一同张罗着迎接客人的。

大家正盼望着他，忽然听到铁门外人声杂乱，不知出了什么事。赶到门口一看，只见一群人簇拥着赫连都。赫连都头发散乱，衬衫碎成了好几片。李维廉在他旁边，夹着他的上衣。赫连都连连向人群拱手：

　　"谢谢大家！谢谢大家！"

　　"呒不啥，呒不啥！大家全是中国人！"

　　"侬为中国人吐出一口气，应该谢谢侬！"

　　一个在公园里教人打拳的沧州老人说："兄弟，你是好样儿的！"

　　对面弄堂里卖咖喱牛肉面的江北人说："赫先生！你今天干的这桩事，真是叫人佩服！晏一歇请到小摊子上吃一碗牛肉面消夜，我也好表表我的心！"

　　赫连都连忙说："谢谢，谢谢！改天，改天扰您！"

　　人群散去，赫连都回身向赵宗浚说："老赵，你们先跳，我换换衣服，洗洗脸，就来！"说着，从李维廉手里接过上衣，往后楼走去。

　　大家忙问李维廉，是怎么回事。

　　"赫连都打了美国兵！他一人把四个美国兵全给揍了！我和他从霞飞路回来，四个美国兵喝醉了，正在侮辱一个中国女的。真不像话，他们把女的衣服差不多全剥光了！女的直叫救命。围了好些人，谁都不敢上。赫连都脱了上衣，一人给了他们一拳，全都搂趴下了。他们起来，轮流和赫连都打开了 boxing，赫连都毫不含糊。到后来，四个一齐上。周围的人大家伙把赫连都一围，拥着他进了胡同。美国兵歪歪倒倒，骂骂咧咧地走了。真不是玩意！"

大家议论纷纷，都很激动。

围棋国手之一慢条斯理地说："是不是把铁门关上？只怕他们会来寻事。"

国手之二说："是的。美国人惹不得。"

赵宗浚出门两边看看，说："用不着，那样反而不好。"

沈福根说："我去侦察侦察！"他像煞有介事，蹑手蹑脚地向霞飞路走去。过了一会儿，又踅了回来：

"呒啥呒啥！霞飞路上人来人往。美国赤佬已经无影无踪哉！"

于是下棋的下棋，跳舞的跳舞。

赫连都换了一身白法兰绒的西服出来，显得格外精神。

今天的舞会特别热烈。

赫连都几乎每支曲子都跳了。他和王婉仪跳了快三步编花；和王淑仪跳了《维也纳森林》，带着她沿外圈转了几大圈；慢四步、狐步舞，都跳了。他还邀请一个吉普女郎跳了一场伦摆。他向这个自以为很性感的女郎走去，欠身伸出右手，微微鞠躬，这位性感女郎受宠若惊，喜出望外，连忙说："喔！谢谢侬！"

王静仪不大跳，和赵宗浚跳了一支慢四步以后，拉了李维廉跳了一支慢三步圆舞曲，就一直在边上坐着。

舞会快要结束时，王静仪起来，在唱片里挑了一张《La Paloma》①，对赫连都说："我们跳这一张。"

赫连都说："好。"

西班牙舞曲响了，飘逸的探戈舞跳起来了。他们跳得那样优美，以致原来准备起舞的几对都停了下来，大家远远地看他们俩跳。这支曲子他们都很熟，配合得非常默契。赫连都一晚上只有跳这一次舞是一种享受。他托着王静仪的腰，贴得很近；轻轻握着她的指尖，拉得很远；有时又撒开手，各自随着音乐的旋律进退起伏。王静仪高高地抬起手臂，微微地侧着肩膀，俯仰，回

① 西班牙语，鸽子。

旋，又轻盈，又奔放。她的眼睛发亮。她的白纱长裙飘动着，像一朵大百合花。

大家都看得痴了。

史先生（他不跳舞，但爱看人跳舞，每次舞会必到）轻声地说："这才叫跳舞！"

音乐结束了，太短了！

美的东西总是那样短促！

但是似乎也够了。

赵宗浚第一次认识了王静仪。他发现了她在沉重的生活负担下仍然完好的抒情气质，端庄的仪表下面隐藏着的对诗意的、浪漫主义的幸福的热情的甚至有些野性的向往。他明明白白知道：他的追求是无望的。他第一次苦涩地感觉到：什么是庸俗。他本来可以是另外一种人，过另外一种生活，但是太晚了！他为自己的圆圆的下巴和柔软的，稍嫌肥厚的嘴唇感到羞耻。他觉得异常的疲乏。

舞会散了，围棋也结束了。

谢霈把两位国手送出铁门。

国手之一意味深长地对国手之二说：

"这位赫连都先生，他会不会是共产党？"

国手之二回答：

"难讲的。"

失眠的霓虹灯在上海的夜空，这里那里，静静地燃烧着。

一九八三年七月二十五日北京酷暑挥汗作